华文微经典

中国微型小说学会
世界华文微型小说研究会

主持

司马攻

我也要学中文

四川出版集团 四川文艺出版社

图书在版编目（CIP）数据

我也要学中文／（泰）司马攻著．-- 成都：四川文
艺出版社，2013.2
（华文微经典）
ISBN 978-7-5411-3655-9

Ⅰ．①我… Ⅱ．①司… Ⅲ．①小小说－小说集－泰国
－现代 Ⅳ．① I336.45

中国版本图书馆 CIP 数据核字 (2013) 第 031590 号

华文微经典
HUAWEN WEI JINGDIAN
[世界华文微型小说经典]

我也要学中文
WO YE YAO XUE ZHONGWEN

[泰国] 司马攻　著

选题策划　时上悦读
责任编辑　蒋东雪
封面设计　所以设计馆

出版发行　四川出版集团 四川文艺出版社
社　　址　四川省成都市槐树街 2 号
网　　址　www.scwys.com
电　　话　028-86259285（发行部）　　028-86259303（编辑部）
传　　真　028-86259306
读者服务　028-86259293

印　　刷　北京山华苑印刷有限责任公司
开　　本　650mm×920mm　1/16
印　　张　13
字　　数　120 千
版　　次　2013 年 4 月第一版
印　　次　2014 年 1 月第二次印刷
书　　号　ISBN 978-7-5411-3655-9
定　　价　35.00 元

华文微经典

作者简介

　　司马攻，1933 年生，本名马君楚，曾用笔名剑曹、田茵等。泰籍华人，祖籍广东潮阳。1966 年开始文学创作。曾任泰国华文作家协会会长，现为泰国华文作家协会名誉会长，世界华文微型小说研究会副会长。著有《明月水中来》《冷热集》《泰国琐谈》《踏影集》《梦余暇笔》《湄江消夏录》《演员》《挽节集》《司马攻散文集》《泰华文学漫谈》《司马攻文集》《独醒》《司马攻序跋集》《人妖古船》《小河流梦》《荔枝奴》《三余集》《文缘有序》《寂寞的掌声》《骨气》《司马攻微型小说 100 篇》《心有灵犀》《近乡情更怯》《姹紫嫣红灿灿开》《听月》等。

前言

　　有人曾说，地不分东西南北，凡有人类生活的地方，就有华人的身影。话虽有玩笑的成分，但当前华人遍布世界各地，却也是不争的事实。扎根世界各地的炎黄子孙，他们的生活状况如何？他们的情感世界怎样？他们的所思所想何在？……要找到这些答案，阅读他们以母语写下的文字无疑是最好的方法之一。诚然，并不是有华人的地方就有华文创作，但在一些主要的国家和地区，华文创作几十上百年来一直薪火相传所结出的果实，显然也是令人瞩目的。遗憾的是，因为多种原因，国内的读者多年来对海外的华文创作了解甚少。尤其对广布世界各地的华文微型小说这一重要且具代表性的文体，更只是偶窥一斑而不见全貌。"华文微经典"丛书的出版，可谓弥补了这一缺憾。

　　海外的华文微型小说创作，主要分为东南亚和美澳日欧两大板块。两大板块中，又以东南亚的创作最为积极活跃，成果也更为突出。东南亚华文微型小说创作兴起于二十世纪八十年代初，各国在时间上又略有先后。最早开始有意识地从事微型小说的创作，并且有意识地对这一新文体进行探索、总结和研究，而且创作数量喜人、作品质量达到了一定艺术高度的，是新加坡和马来西亚；稍后于新加坡和马来西亚的是泰国，再后是菲律宾和文莱，再后是印度尼西亚。在发展过程中，各国的创作曾一度因具体的历史原因而存在较大的差距，但这一状况在近十年来正日益得到改善。

美澳日欧板块则因创作者相对分散，在力量的聚集上略逊于东南亚板块。不过网络的发展正在弥补这一缺憾，例如新移民作家利用网络平台对散居各地的创作进行整合，就已显现出聚合的成效。

新移民的创作是海外华文微型小说创作中近十多年来涌现出的一股新力量。尤其是近年来随着作家对当地文化和生活的日渐融入，其创作已日渐呈现出新视野，题材表现也开始渐渐与大陆生活经验拉开了距离，具有了海外写作的特质。

以上是对海外华文微型小说发展的一个简单梳理，而"华文微经典"丛书的出版，正是对这一梳理的具体呈现（为避免有遗珠之憾，丛书也将有别于中国内地写作的港澳地区的华文微型小说写作归入其中）。通过系统、全面、集中的出版，读者不仅可以得见世界范围内华文微型小说创作风姿多样的全貌，更可从中了解世界各地华人的文化与生活状况，感受他们浓郁的文化乡愁，体察他们坚实的社会良知，深入他们博大的人文关怀，触摸他们孜孜不懈的艺术追求。书籍的出版是为了文化和文明的传播与传承，我们希望这一套丛书能实现一些文化担当。我们有太长的时间忽略了对他们的关注，现在是校正这种偏差的时候了。这也正是丛书出版的意义和价值之所在吧。

目录

有备而去

　　五年前，他和在泰国出生的妻子回故乡探亲，许多亲人高高兴兴地前来会晤。他的妻子潮州话讲得不大流利，一些方言听不懂。背后有人说："阿光的妻子是个番婆。"她听后很伤心。

　　整整五年没有回乡了，阿光对故乡的怀念与日俱增，他想邀妻子再次同往，但就是因为"番婆"这句话使他难以启口。

　　最苦是思念。他终于开口了："芳，很久没有回乡了，四月份有近十天的长假，我们回乡去看看吧！"

　　"去年就该回了。光，我们到家乡住几天后，再到北京去。五年来我学中文，不单潮州话有进步，国语也懂了一些，到北京买东西再不用你当翻译了。"

何必曾相识

伦探是一位贫农，素查拉是他的独生女儿。伦探的妻子年老多病，一家人生活过得很苦。

十八岁的素查拉告别双亲，独自到曼谷谋生。两个月后，素查拉寄钱回家，据说她在一家出入口公司当会计。

三年后素查拉辞职回家，带了不少钱回来照顾她的双亲。伦探多次要给素查拉找一门亲事，但她拒不答应。"爸，我终身不嫁，在家陪伴你们。"

隔乡一名叫比益的青年，托人向素查拉提亲，并说他在曼谷见过素查拉。

素查拉吃了一惊，约定和比益见面。

"你在曼谷见过我？"

"三年前我在曼谷当的士司机，经常带客人到你的浴……你是孝女，我了解你，嫁给我吧，素查拉……"

她放声大哭。

沐猴而冠

猴戏正在上演。

一猴儿戴官帽穿官服，骑在狗背上，手执马鞭策马（狗）在场绕了一周。然后，从身上取出一个红披，上面写着"马上封侯"。观众鼓掌，掌声中有人说："真正的沐猴而冠。"

猴儿眼泪掉在地上。

晚上，猴儿回到猴笼，拭着泪对退休的老猴诉说今天的委屈："官帽官服都是主人给我穿戴上的，他收钱我挨骂！"

"唉！人类太自私了，这句'沐猴而冠'的贬词也是他们造出来侮辱我们的。你听得懂这句话的含义而流泪，证明你有学识，有灵性。事实上这里沐猴而冠的人很多，这句话加在这些不识不知而自高自大的人身上，他们会得意地大笑一番呢！"

妙笔丹青

　　云浮文化艺术经济协会举行画展。会长全都龙在掌声中致完开幕词。接着是几位画家大展身手,当众挥毫。之后,有人请全都龙会长献艺。

　　全都龙会长是个不学有术的市井投机人物,他的成名全靠在报纸上自我吹捧。他成立这个协会也是为名为利。

　　在这种场面下不画一幅,下不了台。他只得硬着头皮,拿起笔来在宣纸的左上角画了一条横线,又从中间向下一拉,拖了一条直线,有如一个"丁"字。观众不知全会长画的是什么,面面相觑。

　　这时,协会的秘书长在画上题了一首诗:

　　　　一根玄线下天台,
　　　　白纸无波眼界开;
　　　　丹青妙手巧设局,

等待鱼儿上钩来。

题完了诗，秘书大力鼓掌，于是掌声和喝彩声在会场久久飘荡。

龟兔大决赛

自从那次著名的龟兔赛跑中乌龟获胜之后，白兔心有不甘，不知多少次向乌龟挑战，要求再决雌雄，但乌龟都借故拒绝了。

这一次白兔来真的，要在报章上公开向乌龟挑战。乌龟的缩头法不能用了，便约白兔谈判。

乌龟说："这次比赛要做到轰动，让各界前来观赛，因此我们要联合登一则比赛启事。"

"这当然，应该的。你起草吧！"

几天后报纸登了一则启事：

乌龟和白兔将于 2012 年 4 月 4 日举行另一场比赛，请各界人士届时到湖边广场共同作证……

比赛那一天，湖边广场人山人海，大家都心中有数，这一次乌龟必定惨败。

吉时届，乌龟上台："女士们，先生们！今天的比赛是200米的短程游泳赛……"

白兔大声地："不，不是游泳，是陆地……"

乌龟说："大家认为呢，游泳比赛好吗？"

在场的观众齐声叫好："下水吧！一、二、三……"

白兔红着眼睛跑掉了。

你是我的亲信

新上任的部长对 A 厅长说："七月六日是我太太的生日，你是我最得力的助手、我的亲信，那天请你到我家喝杯薄酒。不要告诉别人。"

A 厅长对 B 司长说："七月六日是部长夫人的生日，你是我的亲信，届时到部长家中会面。不要告诉别人。"

B 次长对 C 次长说……

C 次长对科长说……

科长对股长说……

七月六日那天，部长家中挤满了前来敬贺部长太太生日的客人。

部长夫人双眼眯成一个"一"字，连声说"谢谢……"

部长感动地："诸位亲信，我本想自己在家庆贺，没想到大家都来了……"

前车

南菩提寺香火鼎盛，方丈阿难搭地位崇高。众相信心目中的有道高僧，能为人们消灾赐福，化凶为吉。因此，南菩提寺十分热闹。

阿难搭大师的入室弟子普明和尚专心向佛，性喜清静，于是迁到距南菩提寺约十公里的一个山洞里去修行。

一年后，普明和尚苦行修道之名逐渐传开，前来上香礼佛的人越来越多。

过了几年，十多位信徒在山洞前为普明和尚建了一座北菩提寺。信众都说普明的法力比阿难搭更加高。于是，北菩提寺熙熙攘攘，车马盈门。南菩提寺冷落了。

一天，普明的一位弟子合掌，虔诚地向普明说："师父，寺后的山洞空着，让我到洞里去修行吧！"

普明闭眼诵经，没有回答。

第二天，普明令人将寺后的山洞封死了。

情深恨更深

　　明嘉靖年间，沿海一带倭寇肆虐，一些奸民也加入其组织。

　　一天，倭寇又来镇里劫掠。几个妇女逃进紫云庵。十几个倭寇进入庵来。一尼姑手握念珠，闭眼诵经，倭寇大声叫骂："臭尼姑，死到临头还在唱曲。快把财物献出来，还有几个女人都叫出来。"倭寇一边叫骂一边冲向后堂。

　　尼姑双手一扬，十几颗念珠飞出，倭寇纷纷倒地。只有一个倭寇安然无恙。

　　这个倭寇向尼姑一揖："你我夫妻情深，多谢你手下留情。我走了。"

　　"慢，有一人要见你。"尼姑向后堂唤，"小莲，杀死你父母的奸贼在此。"

　　这个倭寇听见拔腿便跑，尼姑掌中的一枚念珠一闪，倭寇右腿中珠倒了下来。

　　一位少女走上前去，将这个倭寇的头颅砍下。

靠窗那张床

他和他父亲到泰北一个小镇收购土产。

小镇只有一间客栈。这天，客栈客满，只剩一个空房间。

他和他父亲走进房间。他说："爸，你睡靠窗的那张床，那儿比较凉爽。"

他下楼去买点东西，听到客栈里的伙计在谈话……

他回到房间，对他父亲说："爸，换床吧，我要看风景。"

他父亲有些不愿意，但还是换了。

两天后，他们回到家。

晚上，他母亲问他："那晚在客栈，你为什么要换床？你一向孝顺，一出门就变了，你爸不大高兴。"

他悄悄地说："我听到客栈的伙计说，我们住店的前一晚，睡靠窗那张床的客人暴病死了。"

伤心河边骨

一百七十多年前，潮汕地区发生大饥荒，人们纷纷去往南洋谋生，其中去到暹罗（注：泰国的旧称）的最多。

当时在位的是泰皇拉玛三世，为了交通和农田灌溉，掘了好几条小运河，由郊区通向曼谷中心，其中最长的是长达二十六公里的伤心河。

来到泰国最容易找到的工作，便是当苦力掘小运河。

郑大、李二、林三、张四、马六和几百华工在一起掘小河。

午饭时，郑大叹了口气："没想到来暹罗开河！"

李二："开河是苦活，但胜过在家饿死。"

林三："听说工头马六扣我们的工资。"

张四："不会吧，马六是个老实人。"

郑大："老实人？他腰间那条水布（水布，俗称浴布、水腰带，吸水性强，潮汕农民出门会将其围在腰上）有暗袋，鼓鼓的，其中必定有财物。"一天深夜，郑大等几人，偷偷地解开马六的水布，其中有七个油布小包，分别写着"黄大目骨灰"、"王阿猪骨灰"……

马叔

　　田秧乡经过八年抗日战争，乡穷民苦，胜利后又逢天灾，民不聊生。

　　真是祸不单行！不知从哪里来了一小群饿狼。

　　饿狼日间藏身于对面的南山之中，夜间出来觅食。已有六只猪、两个小孩被吃掉。

　　乡长成立了一个灭狼小组，一连十多天，灭狼组没有杀过一条狼，倒又有两只猪被饿狼吃了。

　　乡长找马叔帮助。

　　马叔不答应，并说："你们十几个人，几条破枪，对付不了那群凶狠、狡诈的饿狼！"

　　乡人对马叔的不肯合作甚为不解。抗日战争时，马叔当游击队向导，视死如归，如今为何变得贪生怕死起来？

　　马叔一连三个傍晚，喝得酩酊大醉。

　　第四天晚上，马叔失踪了。

第五天一早，乡民四处寻找马叔。

在南山中，乡民发现了马叔血肉模糊的尸体，旁边还有五具狼的尸体，都是被炸药炸死的。

风炉伯

"卖风炉啊，补炉窗。"

1938年2月某一天的早上，风炉伯挑着担子在三聘街叫卖。

一大户人家请风炉伯进屋修炉。主人林大志说："风炉兄，屋后有一旧风炉，很久很久没用了，送给你吧！"

"你们要是用不着，我就拿去，今天的修炉费我就不要了。"

风炉伯拿了旧风炉，挑着担子，沿街叫卖去了。

第二天一早，风炉伯来找林大志："你送我的旧风炉，里面藏着两根金条，"风炉伯拿着两根金条，放在桌上，"我还给你。"

"金条在炉中，炉已属于你了，金条就是你的。"

"可炉是从你家拿出去的。金条你不收回，我把旧风炉也拿来还你。"

两人争得脸红脖子粗，都不愿收下金条。

林大志的儿子说："去年年底日寇在南京杀死几十万同胞，目前泰国华侨正捐款支援抗日，就把这两根金条捐献了吧！"

风炉伯和林大志连声叫道："好，好！"

虾米笋粿^①

"虾米笋粿，有进无退。"

上午十点半，笋粿伯准时在三聘街叫卖。

三爷听说笋粿伯是个怪人，但他的笋粿非常可口。

一天，"虾米笋粿"的叫卖声过去后，三爷对一个店员说："叫笋粿兄回来，我把他的笋粿全部买了，还有赏。"

店员追上笋粿伯："三爷要你回去，笋粿全部买了。"

"你没听见：有进无退！"笋粿伯边说边走。

店员照实向三爷说了。

三爷大怒："这老东西卖几个笋粿，也摆臭架子。不吃他的笋粿了。"

三爷说不吃笋粿伯的笋粿，但老是想吃。

---

①粿：音 guǒ，指用米粉、面粉、薯粉等加工制成的食品。

两年后三爷病重。

"虾米笋粿，有进无退"的叫卖声在街上飘移。三爷说："快……快去买几个笋粿给我。"

三爷吃了一个笋粿，连称："好食、好食，以后每天买两个笋粿给我吃。"

第二天十点，三爷去世了。十点半，笋粿伯又在高唱他的"虾米笋粿，有进无退"。

天涯

　　十三岁的男童别和十二岁的女孩瑶，一年来同在一条马路上，向被红灯所阻的汽车司机兜卖花串。

　　几阵风吹过，细雨纷飞。他们同到树下避雨。

　　"瑶，明天我不来卖花了。妈妈说，雨季容易感冒，等雨季过后再来卖。"

　　瑶没出声，迟滞的目光凝视着满天乌云。

　　"瑶，你一个人，要多多小心，尤其是要注意那些横冲直撞的摩托车。"

　　"……"

　　"瑶，你……明天还来吗？"

　　她点点头。

　　第二天一早，她在马路上卖花。

　　过了一会儿，别空着手匆匆赶来。

　　"瑶，把花分一半给我，我帮你卖。"

生死之交

一百年前，一艘轮船从汕头开往曼谷，船舱中挤满了离乡背井的潮州人。

李光波在船上结识了邻乡的马向南。两位青年人谈得很投机。

船到达了曼谷的中暹码头，船中乘客都非常高兴。

李光波和马向南也很高兴，但不得不就此分别。上了码头，各奔东西，不知何时能再相见。李光波前去投靠他伯父，马向南是一位教师，他打算找他姐姐，然后去内地教书。

在码头上两人紧握着手，约定明年今日的下午五点在这个码头会面，不见不散。

一年很快过去，约定的日子到了。

下午四点，马向南来到码头，等着。

五点了，李光波没来。马向南耐心地等着。

七点，一位老者匆匆而来，他眼观四方，见到马向南：
"你叫马向南？"

　　"是，我是马向南。"

　　"我是李光波的二伯。唉，光波他上个月去世了！去世之前他要我把这支笔送给你，并转告你，做人要能吃苦耐劳，还要记得经常给你母亲写信、寄钱。"

心有灵犀

他和她经过两年的热恋，终于结婚了。

她对他事事关心，使他心中甜蜜蜜的十分受用。

一年后，她无微不至的关心，使他觉得被管得有些太严了。

两年后，他和她因小事而口角。

三年后，他和她的争执越来越频繁。

她对他说："我们分居吧！"

她拿了一个皮包，回到娘家去。那天晚上她辗转难眠。

他独自一人在家，整个晚上没合眼。

第二天，下午五点，她到香香咖啡店，在靠窗的咖啡座坐了下来。他们婚前经常准时在这里见面。

五点零五分，他走进香香咖啡店，在她对面坐下。他向侍者招手："来杯……""不必啦，照旧，我已替你要了一杯奶茶，两块三明治。""雯，喝完咖啡，我们回家吧！"

她从桌子下面拉出一个皮包，向他微微一笑。

童话

　　九十二岁的他，和九十岁的妻子喝功夫茶、谈心。

　　"真快，我们结婚已七十年了。当时我娶你，只凭一张黑白相片，我一见你的像，便要你了。"

　　"你看过相片，我嫁你只听从父母的主张。我怕，出嫁前我哭了好几回。"

　　"你过门第二天晚上，还哭了呢！"

　　"那天晚上的哭，是感动。你太好了，出嫁前没想到能嫁到你这样的好人。"

　　"好像昨天晚上你又流泪了？"

　　"我怕你反悔！"

　　"你我都九十岁以上的人了，反什么悔？"

　　"你说过，下一世你也要娶我。这诺言你要谨记啊！"

　　"哈哈……下一世你跑不了。"

情深

杜川双亲早逝，没有留下什么产业，靠他自己的勤劳奋斗，已经事业有成。小他六岁的弟弟杜河住在杜川家中。

杜河经常带他的女友洋洋来家中走动。

有一天，杜川、杜河、洋洋三人在家吃饭，杜河对洋洋说："我有事和哥哥商量，你到房里去。"

"哥，我要和洋洋结婚。"

杜川吃了几杯酒，脸红红地："什么！结婚？你哥三十岁了，尚未结婚……洋洋嫁给我吧，你年轻，另找。"

"不，哥，我爱洋洋。"

"你能养得起洋洋？你要跟洋洋结婚，就离开我家。"

洋洋走了出来："河，我们走吧。"

杜川叹了口气，一抬头，墙壁上双亲遗像的两双眼睛正看着他。

杜川立即出门去追赶杜河："河，河，你回来。"

洋洋说："快跑，你哥赶来了。"洋洋拉杜河往前跑。

一辆小车将杜河撞倒了。杜川把杜河送往医院。

杜河的左腿残废了，杜川把杜河接回了家。

三天后，杜川不见了，留下一封信："……我很后悔，我无颜见你们。哥将房子及银行存折都过给你名下，作为你和洋洋结婚的贺礼。"

张医生

张医生来泰行医，他医术高明，声名远播。

谢开展的儿子病危，请张医生看病。

把了脉，张医生摇头："迟了，无药可治。"

谢开展再三央求，张医生只得开了药方。

谢开展的儿子吃了药，第二天便死了。谢开展控告张医生谋财害命。

警方以没有泰国医生执照并治死人之罪，将张医生逮捕了。

张医生的朋友设法将张医生保释出来。

第二天，张医生去找谢开展。

谢开展大怒："你医死我的儿子，还有脸来见我？"

"有一件事必须告诉你，那天我见到你的女儿，从她脸色看，我发觉她也患了跟你儿子相同的病症。"

谢开展一怔，连忙向张医生合十行礼："张医生，你高明，请救我女儿一命。西医说我女儿七天后便会丧命。"

张医生开了方。

谢开展的女儿依张医生的药方服了三帖药，病便好了。

谢开展拿了三万铢，去答谢张医生。

到了张医生寓所，他已经回中国去了。他留下了一个药方，后批："依此方连服四帖，便可根除。"

孤僧

小镇郊外，有一座简单木构的佛寺，寺里有一老僧。平时前来佛寺礼佛随缘的人极少。

老僧在寺前种菜，寺后种稻，生活可自供自给。

一天，佛寺热闹起来，前来上香的善男信女络绎不绝。

原来，老僧养了两条大蟒蛇，几天来大蟒蛇将身体盘曲成为数字，有时是2、3，有时是5、8。有人按"蟒字"购彩票，万分灵验。于是一传十，十传百，前来佛寺求"真字"的人越来越多。

善男信女以财物供奉老僧，老僧拒不肯收，随缘者却把财物置于僧房中。

老僧甚苦闷。

十多天后，佛寺又恢复了宁静。

两条大蟒蛇不知去向。

据一村民说，深夜，老僧将两条大蟒蛇挑往山林中放生了。

小偷

小偷闪进厨房，将手伸入米桶，一摸，桶中空空如也。

这时，睡房里传来一阵声音。

"娘，你身体不好，这碗稀饭你吃了吧！"

"娘不饿，孩子，你吃吧。娘知道，你还没吃晚饭！"

小偷暗忖："都是苦命人，还是孝子、慈母呢！"

小偷离开小屋。过了一会儿又转回来。他背了一包米进入厨房，正要把米倒入米桶，一青年从房中走上前来，把小偷捉住。

"你来偷东西？你是贼，我把你送官去。"

"不，我是来送米的，刚才你们的话我听见了，我去偷了一包米来送给你们。"

房间里传来了苍老的声音："勇，你放了他。这位兄台，你把米拿回去，我死也不会吃你偷来的米。"

小偷跪在地上，叩了个头："谢大娘教诲，我从此不再偷人家的东西。"

　　小偷背着米袋，越墙进入一大户人家，要把米送还。两个汉子冲上前来，将小偷踢打一番之后，送往官府去了。

难中见真情

两个人在沙漠中迷失了方向。

甲在一枯树下闭眼养神。乙暗忖："我只存两壶水，他有三壶，要走出这荒漠最少要五六壶水……"

乙心一横，正想把甲打死。

甲张开眼睛："唉！两人俱亡不如一人超生。你有老母、妻小，就拿着我的水，寻路去吧！"

"不，不，还是你走。"

"快走吧！"乙拜别了甲。

一天过去了。几只饿鹫在甲头上盘旋。

甲用木杖在沙中掘个坑，想将自己埋了，留一个全尸。

掘了几下，居然发现下面有十多壶水，一包黄金，一个指南针。

甲拿了六壶水和指南针，择路而出。

甲回到家，四处打听，没有乙的消息。

意恐迟迟归

斗室里油灯如豆。

母亲坐在他面前，两行眼泪挂在脸上。明天一早，她的儿子便要离开她，乘船往暹罗谋生。

"孩子，到暹罗后，给娘寄封平安信。船上要小心，船头船尾不要走近。"

"娘，我十九岁了，我会照顾自己。到暹罗我马上给你写信。"

"孩子，娘已给你定了亲事，三两年回来完婚。记住，快回来。"

他上了船，舱中挤满了人，一个一个地挨着睡。

第三天船里鼠疫流行，已有三个人死亡。

第五天他被传染了。第六天他断气了。

两位水手把他抬往船尾，投入海中。

一位老水手湿着眼："孩子，回家去吧！"

同学之情

日寇侵华期间。

两个日本兵闯进一户民家，见到一位少女，便要施暴。

一位中年妇女大声道："慢，我叫林素梅，要见你们的松井大佐。"

她说的是日本话。

日本兵向她行礼："是，是。"

她跟日本兵去见松井大佐。

松井紧紧地握着她的手："梅子，二十年了，你美丽如故。"

"真没想到，我们是这样见面的。"

"能见面就好。大大的好。这里民风强悍，我要召开一个民众大会，开导开导，就是找不到一位有地位的中国人来帮助我。你是教授，又精通日语。后天我设宴，欢庆我们的重逢及友好的合作。"

第三天，在宴会上，松井向十几个日本军官介绍："梅子是我的同班同学，化学系的。"他举起酒杯："梅子，为日本天皇，干杯！"

　　林素梅拿起酒杯，将酒泼在松井脸上："狗强盗，谁是你的同学？"

　　她用手举起她的手提包，一拉，轰然一声巨响……

为何又匆匆回来

陈叔来访，他请陈叔到客厅喝功夫茶。

陈叔是他父亲时代公司里的一名高级职员。陈叔老诚忠厚，他的父亲对陈叔非常器重。

五年前陈叔退休了，但经常来公司走动。

今天，陈叔有些反常，说话吞吞吐吐的，欲言又止。

他对陈叔说："陈叔，你有什么事尽管说，都是自己人。"

"我……我近来……我想向你借两万铢，下个月还你。"

"两万，够用？"

"够、够，够用了。"

他拿给陈叔两万铢："陈叔，不够再来拿，什么时候还都可以。"

陈叔离开公司，两个小时后又匆匆回来。

他问："陈叔，钱不够用？"

"不，我回家把钱数了数，多了一千，我赶来还给你。"

慈爱

许老大上山砍柴，被老虎吃了。

许老大的儿子许俊勇将他父亲的骸骨安葬完毕，便拿了枪向母亲李氏拜别。

"母亲，父亲的丧事办完了，儿子要上山寻那头老虎。"

"孩子，你一定要替你父亲报仇，把老虎杀了，不过，你要多加小心。"

"娘，儿无论如何也要杀死那头畜生。"

三天后许俊勇回家，一张颓丧的脸，见了母亲便跪了下来："娘，儿子不孝。"

"你找不到老虎？"

"找到了。"

"你把他杀了？"

"孩儿不忍。"

李氏怒气上升："你，你不肖啊！"

"娘，儿冒险进入虎穴，那老虎是头雌虎，两只小虎正依在它身旁吃奶。"

　　李氏摸着俊勇的头："孩子，你没错，换作娘，娘也不忍杀它。"

只喝两杯

他八十岁的父亲突然想喝酒，并指定要喝汕头广丰泰药酒。

他托人到汕头买来一打广丰泰药酒。

傍晚，他父亲喝了两杯广丰泰药酒，连称："好酒！好酒！"

旁边的儿媳说："爸，好酒就再喝一杯吧。"

"不，只喝两杯。"他叹了口气，接着说，"那年在家乡，家里穷，有一天我拿了你妈的钱，买了一瓶广丰泰药酒喝。你妈见了说，家里买米的钱你竟然拿去买酒。你妈人好，不多说，只是哭。从那时起爸滴酒不喝。"

他问："爸，你为什么又要喝酒？"

"一个月前我梦见你妈，她说：孩子们发达了，家里有钱了，你喜欢喝广丰泰酒就买来喝吧！听话，不要多喝，每晚只喝两杯。"

后悔莫及

　　他患了严重的肾病，每周要透析两次。以他的经济状况，无法长期负担这笔透析费。有人对他建议：换肾。

　　人体器官的移植，授受者必须是父子、兄弟姐妹或夫妻关系。但他的这些关系者中都没有和他是同一种血型的。

　　绝望是人生最大的痛苦。

　　一个月后他接到医院的通知书，约定了日期做肾脏移植手术。

　　他茫然了，肾源哪里来？

　　他的母亲说："有机会换肾脏就马上去换，别多问。"

　　手术后他恢复了健康，追问他的母亲是谁给他的肾。

　　"是你的前妻淑真。唉，我很后悔，她过门三年没生孩子，是我迫你们离婚的。"

　　他眼泪盈眶。

　　第二天他去找他的前妻。按了门铃，一小孩哭丧着脸问：

"你找谁？"

"淑真在家吗？"

"我妈？"小孩放声大哭，"我妈一个月前说她有病，到医院住了几天，回家不到一个星期便去世了。"

钱从哪里来

　　巴实和沙纳比邻而居，他们一同前往沙特阿拉伯工作。

　　巴实喜酒好赌，沙纳勤俭。两人每月工资相等，沙纳经常给母亲寄款，但巴实从来没有给妻儿寄过一分钱。

　　两年后，沙纳接到母亲病危的消息，回家照顾他的母亲。

　　巴实却听说他妻子与沙纳有染，大怒，马上飞回泰国。

　　当天晚上，他喝罢了酒，对妻大骂："你这贱人，干的好事！这两年来我没有给你寄钱，凭你卖几根菜能赚多少钱？你看，家里这么富裕，钱从哪里来？你是卖身给沙纳……"

　　"你醉了，什么没寄钱？你经常通过沙纳的妈转给我。半年前沙纳叔回家，你又让他带来两万铢。"

　　巴实的女儿说："爸，沙纳叔拿钱来时，我在一旁。爸，沙纳叔叔是个好人，他结婚三个月了。"

　　巴实抱着妻子的头大哭，他的酒醒了。

难得

　　杨华一早便来到陈忠仁家。

　　杨华曾是陈忠仁的老板。近年来杨华的生意连连亏本，经济不佳。陈忠仁热情地招待杨华，功夫茶一杯一杯地送到杨华面前。杨华吞吞吐吐地，欲言又止。

　　陈忠仁问："头家（老板），你有什么事就跟我说吧。"

　　"忠仁，店里生意不好，我……我周转不灵，今天想向你借二十万铢。""二十万……"

　　"有没有没关系……你不要放在心上。"

　　"今天……明天好吗？明天我给你送去。"

　　"不，明天我来拿。"

　　杨华走后，陈忠仁和妻子商量："杨老板向我借二十万，我只有十五万。将你两条金项链借给我，我拿去卖，凑成二十万。"

　　"是老头家需要钱，金链你拿去，不用还了。"

中秋望月

又是中秋了。

他最怕中秋下雨，可"几度中秋见月来"？每逢中秋节，月亮总被云遮雨打去。

三十年了，三十年来每逢中秋节的午夜，他都会抬头望月，对月凝思。

如果天上没有月亮，他心中便会泛起一轮圆圆的明月。

三十年前一个圆月的晚上，他和她在月光下握别。不知何时能再见面，便誓言在中秋节望月。异地共望月，见月如见人。

他向她挥手，月亮伴他上路。

从此雁南燕北。

从此每逢中秋节他总是举头望月，三十年没有间断。

他知道，她也在中秋之夜看月；他知道，她只看了十五次秋月，就不再看月了。

他痴心地在中秋之夜望月。

他以悲伤的眼睛呆视月亮。

他怀念着十五年前逝去的她。

孙媳妇

　　孙儿要结婚了，奶奶、爷爷都十分高兴，可听到孙媳妇是泰人，奶奶的兴头便低了下去。

　　她跟爷爷说："如果孙媳是个中国人，多好！"

　　"泰人、唐人都一样，只要人品好。唉，你看，我们的几个儿子，都不懂中文，家中两份中文报纸，只有你我两个人读。"

　　孙媳进门，开口便是："爷爷，奶奶，你们好！"说的是颇为标准的汉语。

　　奶奶暗喜："会说两句中国话！死记的？死记也好，有教养。"

　　翌日，奶奶从楼上下来，看到孙媳在看中文报，以为她在看图片。奶奶走到孙媳身旁："你懂中文？"

　　"奶奶好！我读了三年中文，又到中国读了两年速成，中文报看得懂。"

　　奶奶拉着孙媳的手："孩子，你是奶奶的好孩子！"

怀念

他的三女儿的挚友素琴，经常在他家中住宿。

素琴对他很敬重。他对素琴也有好感。

他的妻子对素琴更是爱惜。

他对妻子说："我一见素琴便想念着我们的四女。唉，我不该听算命先生的话，说四女与我相冲相克。我一念之差，把她送给别人，二十年了，没有她的消息。"

"别提了，事已过去，平安就好。"

几年过去。他病重，临终时，一家人围在他身旁。他叹了口气："我不该把四女送给别人，我挂念她……"

"爸，女儿在你身旁，素琴就是爸的亲女儿。"素琴抱着他大哭。妻子说："真的，素琴是我们的四女，当年你将女儿送给人家，我将她领回给我妈抚养，现在我们一家团圆了。"

他抚着素琴的头："好孩子，爸疼你。"

他闭上了眼，嘴角留着一弯笑痕。

中国人

星期天，在走向玉佛寺的路上，两个洋人向他问路："小朋友，玉佛寺往哪边走？"

"往前走，过红绿灯，向右转。"他用英语回答。

"大约有多远？"

"这样吧，我也要去玉佛寺，我们一起走。"

到了玉佛寺，洋人问这问那，他一一向洋人解释。

一小时后，洋人将要离开，向他道谢，并拿出二十美元，"小朋友，这点钱送给你，你花了这么长的时间为我们解说。"

"不，我不能收你们的钱。我经常来这里，今天带你们来，是顺便。父亲说，不可收人家的财物。"

"你很有教养，你父亲是……"

"中国人，一个很普通的商人。"

看亲人来的

　　1973 年，庄则栋率中国乒乓球队访问泰国。这在国际上算是乒乓外交，但对泰国的华侨、华人来说，这是阔别多年亲人的来访，是振奋人心的天大喜事。

　　泰国各地的华人、华侨纷纷来曼谷观球赛，尤其是六七十岁的老华侨，他们一早便在赛场等候，一见中国健儿进场，便鼓掌欢呼。

　　球赛在进行。

　　赛场里几千颗心在跳，跳得比乒乓球更快。

　　赛场里几千对眼睛湿了，比健儿们身上的球衣更湿。

　　比赛完毕，掌声不绝，观众久久不肯离开。

　　几位老华侨异口同声地说："我不懂乒乓球，我是看祖国的亲人来的。"

烟壶

　　他喜欢闻鼻烟。他的孙子思中、孙女爱华到北京旅游，出门之前他们相商，到北京买一瓶鼻烟送给爷爷。

　　到了北京却找不到有卖鼻烟的。

　　一天，他们从一家卖烟壶的商店经过，大喜，进门来一问，这家商行只卖烟壶，他们很失望。正要离开，看到一老者聚精会神地在烟壶里绘画，桌子上放着一小碟鼻烟。

　　爱华问："伯伯，你也闻鼻烟？鼻烟到哪里去买？"

　　"你要买鼻烟？！"

　　"是，买鼻烟带回泰国送我爷爷。"

　　"泰国？你爷爷在泰国也闻鼻烟？"

　　"爷爷最喜欢鼻烟。"

　　"现在鼻烟很难买得到，我这些鼻烟是我父亲遗下的，只剩下一点点。啊，有你爷爷的照片吗？"

　　"有，是我和爷爷的合影。"

"好，我把你们画在烟壶里。"

"伯伯，多少钱？"

"不要钱，这小小的礼物送给我远方的同道。"

两兄妹回国，把烟壶送给爷爷。

爷爷大喜："画得太好了！明年我去北京，带一小瓶鼻烟，去送给我的同道。"

不让须眉

他在车站遇到一位二十多岁的女郎。

她向他求援，她哭诉：有人向她游说，泰国极需女职员，月薪在二万铢以上。几天前她随游说者来到泰国，到曼谷后被带至一公寓，要逼她卖淫，第二天她乘机逃脱了。

他可怜她异地飘零，便将她带回家来，将实情向妻子说了。

晚上，他对妻说："明天我到内地收账，回来后买张机票，让她回中国去。"

三天后他回家来，她不见了。

"你把她赶出去了？"

妻拿出一封信："吴先生：承蒙您夫妻俩热心帮助，使我能回国，大恩大德……"

"她有钱买机票？"

"我将我的一枚金戒指卖了。"

等伞

我参加了国家旅游局主办的"泰北三日游"。

这个团有三十二位团员,其中有一位美丽端庄的少女。吃饭时我和她以及她的母亲等十个人同席,大家有说有笑。

第二天,在走往石宫的途中,下起雨来,她把伞给了我:"下雨了,别淋着。"

她和她妹妹共伞,走在我前面。

回到酒店,已是晚上九点。

旅行团明天下午回曼谷,我则将在明早先离团,到邻近的纳孔市访友。

忘记把伞还给她了,我便把伞寄存在酒店公关处,转交给她。

一年过去,旅游局又主办了"泰南三日游",我怀着微妙的心情又参加了这个旅行团。

在车上我又见到了她们,大家都很高兴。

午饭时，天上黑云密布。她问我："你没带雨伞？"

她妹妹问："我姐姐的伞呢？"

"那天我把伞寄存在酒店，让他们转交给你。你没收到？"

她脸上的笑容消失了，呆呆地望着天上的乌云。

我心中一怔，也举眼望着天空。

我等着天下雨。她会不会再给我一把伞？

不，你没说谎

张得文有三个孙子，一个孙女。

十三岁的小孙女珍珍是张得文的最爱。

珍珍也乖，放学回来都给他爷爷亲一亲。

一天，珍珍放学回家，把脸蛋往爷爷嘴边一凑便走开了。

得文觉得珍珍有些反常，便问："珍珍，谁欺负你？告诉爷爷。"

"爷爷，没人欺负我。""那你为什么不高兴？"

"今天是戒烟日，学校老师问每一个学生，家里有没有吸烟的……"

"你说有，是不是？""爷爷，我说没有。如果我说有，老师要来帮助戒烟，我不愿他们来打扰爷爷。爷爷，我说谎了。你教我不可说谎，可……"

"珍珍，你没有说谎，我们家没人吸烟。从现在起，爷爷永不吸烟。"

志气

一个盛大的晚宴在亚历山大酒店举行。

上了四道菜后，酒店经理领一个洋人上台："诸位贵宾，今晚的宴会，每一道菜都是这位意大利著名厨师卡迪斯·戈隆先生精心烹调出来的。"

台下掌声雷动，卡迪斯弯了几阵腰，下台走向厨房。

在厨房门口，听见有人在谈话：

"老陈，这对你太不公平了，这些菜都是你做的，却让这洋人去出风头。"

卡迪斯怒冲冲地走进门来："你们中国人做西餐，谁来光顾？这里的意大利餐全靠我的大名。是阿陈你沾了我的光，每月才有两万铢工资。"

第二天老陈没来上班，他辞职了。酒店经理大急，卡迪斯更是坐立不安："一定要把阿陈找回来，中国人贪心，有人多给他一两千铢便跳槽了。叫他回来，多给他三千，他不来，我……"

经理派人寻找老陈。

找到了老陈，他在一家小型的潮州菜馆当厨师，月薪一万铢。

老陈表示："给我三万铢，我也不回亚历山大。"

宁死无亏

狂风暴雨，波浪滔天，一艘帆船在江中沉浮。

一连几个浪头扑向帆船，船被卷入江中。

他死死地紧抱着一块木板，在江中漂流了十多个小时。

他漂流到一个小岛上，饥寒交迫中看见丛林中有一佛寺，他跌跌撞撞走向佛寺。

寺门虚掩，他扑身进去。寺内空无一人，此时他唯一的希望是能找到充饥之物。

突然他昏倒在地。

他醒转过来，一位老和尚正用热汤喂他。

老僧："施主为何落得这般光景？"

他据实说了。

老僧："厨房中有一馒头，施主没见到？"

"见到了！只有一个馒头，我吃了，主人回来吃什么？"

第十二束玫瑰

每逢生日，她总是收到他差人送来的一束玫瑰花。

这是她婚后收到他的第十二束玫瑰。

她与他是同班同学，由同学而相爱。

但她没有嫁给他。

她婚后不久，收到他一封信，说他将往Ａ埠，在Ａ埠与女朋友结婚，并在那里工作。

一天，她在一间百货公司，遇到他和他的母亲。大家很高兴地互相问好。

离别时，他的母亲拉着她的手，在她耳边轻声地："小翠，有未婚女朋友就给阿举介绍吧，阿举还没结婚！有空到我家去做客，我们仍住在老地方。"

学话

陈一敬近来普通话说得特别好，流利、标准。朋友们纷纷推测。

有人说："陈一敬交上了一位大陆妹，北京来的，陈一敬经常和她在一起，普通话学得快。"

异议者说："陈一敬的老婆是条母大虫，陈一敬不敢，也无机会去接近大陆妹。"

有人说："陈一敬聘了一位从大陆来的家庭教师，每天在家苦读。"

有两位朋友决定到陈一敬家中看个分晓。

两人都是陈一敬的熟客，不需通报便走进了客厅，一阵清脆的普通话传来，两人相顾而笑："果然有大陆妹！"

进得厅来，只有陈一敬一个人。两人正在纳闷。

"欢迎，欢迎，你好。"

两人抬头一看，笼中一只鹦哥正开口说话："请坐，请坐。"

我也要学中文

她对丈夫说："中国强盛了，很多人在学习中文。聘一位老师来教小明的中文吧。"

他点点头："对，小明十二岁了，该学中文了。"

经朋友介绍，一位年轻美丽的女教师到家里来教小明学中文。

几天后，他对妻子说："我简体中文不太懂，我也要跟老师学。"

丈夫对老师特别好，妻子有些不放心。

一天，小明和他父亲同在书房中学中文，妻子在窗口窥望，只见丈夫笑眯眯地，两只眼睛死死盯在老师脸上。

丈夫也有猫儿意！

有一天她对丈夫说："我把老师辞退了，找别的老师来教小明。"

小明哭了："我不要别的老师，我要阿姨老师。"

丈夫："你看，你这样做会影响小明的前途。"

妻子沉吟一会儿："也好，请她再来教我们的小明吧。"

隔天，老师来了，妻子拿着中文课本对丈夫说："我也要学中文了。"

侄儿当了部长

洪三河的儿子颂猜竞选人民代表。

洪三河家族中有影响力的几位族人，都大力为颂猜宣传、拉票。洪三河的堂兄得光更是卖力，他自掏腰包买了不少礼物送朋友，请他们帮帮忙，投他侄儿一票。

颂猜在他族人的支持下，获选人民代表，并当上了事务部长。得光心花怒放，这是"我族之光"。他在几家华文报登了全版贺词。

过了几天，得光买了个漂亮花瓶，插上鲜花，前往事务部为侄儿道贺。

到了事务部，一职官（职官，国家机构担任职务的官吏）问："你找谁？""找我侄儿颂猜部长。"

职官到部长室："部长，有一老者要见你。"

颂猜打开闭路电视，见是得光，他对职官说："你对他说，部长不在。"

神医

张自信应好友陈亦然的邀请，来泰国观光。

张自信住在陈亦然家中，因天气炎热，张自信病了。

陈亦然要带张自信到医院看医生。

张自信说："几十年来，有病便找中医，我不习惯打针吃西药。"

陈亦然笑着说："我也不相信西医，我认识一位来自中国的神医，他家三代都是名医，我打电话请他来给你看病。"

三小时后，神医到了，一进客厅，见到张自信，脸色一变："二叔，你……你老人家什么时候来的泰国？"

张自信惊异地说："你是，你是阿强？"

陈亦然说："原来你们是亲人？"

阿强拉着张自信到一个角落："二叔，请你多多包涵，别揭穿我的底细……"

张自信说："我家三代务农，你又没学过医，到泰国就变成神医了？真是肚饥胆就大。"

他转身对陈亦然说："不必把脉了，我一见我的神医侄儿，病就好了。"

好、好，瞎子好

两个劫匪打劫兴兴金行，得手后逸去。

警方将闭路电视所录到的劫匪相片，在报纸及电视台公布。

边境一个小村的一间木屋，住着一个老汉。傍晚，一阵敲门声。

老汉开了门，两个大汉进屋，大声地问："老头子，为何我们敲了好久，你才开门？"

老汉指着眼睛："你看，我的眼……"

"原来是个瞎子。"

两个大汉相顾而笑："好、好，瞎子好。"

"老头子，我们是收买土产的，借住两三天便走，你会得到好处的。"

两大汉疲甚，一进房纳头便睡。

午夜，两大汉惊醒，手铐铐在手上，老汉和几个警察站在旁边。

一个大汉说："老头，你不是瞎子？"

老汉说："你们用力敲门，我从门缝一看，便认出你们是劫匪。为了我的安全，也使你们安心，我装成瞎子。哈哈，你们到我这里来，才是瞎子。"

都是老师

　　王扬学为了振兴华教，创办了一所"扬中中文补习学校"。

　　王扬学教学认真，学生都很尊重他。尤其是张得正，对王老师更是倍加敬重，一见面便合十为礼，口称老师。

　　王扬学虽年已七十，但他的进取心甚强，为了跟得上时代，决定学习电脑，以充实自己。于是他到宇通电脑学校学电脑。

　　第一天上课时，教计算机的老师走进教室，十几位学生站起来："老师好！"

　　这位老师眼光一扫，立即走下台来，向王扬学合十："王老师，你老人家不能唤我为老师，我受不起，你是我的老师……"

　　王扬学笑着说："张老师，这里你是老师，在扬中我是老师，我们都是老师。"

玩 物

丈夫整天逗着翠翠玩，这只鹦鹉是他的最爱。

妻子被冷落了，她恨死了这只鹦鹉。一天，她把鹦鹉带到郊外放了。但两小时后，翠翠又飞回来了。

丈夫更爱翠翠了，抚着翠翠的头："宝贝，乖。"

她想把翠翠弄死，但佛教徒不可杀生。她的妹妹说："把翠翠送给我吧！"

丈夫没有了翠翠，十分寂寞，朋友邀他去打麻将。

他打上了瘾，晚上打牌，白天睡大觉。她更被冷落了。

她向妹妹讨回翠翠。

"翠翠又飞回来了。"

他对翠翠看了一眼，"你照顾翠翠吧！"他又打牌去了。

她与翠翠日久生情，整天逗着翠翠玩。

他被冷落了，他恨死了翠翠。

一天早上，她在厅中大声叫："翠翠死了，谁弄死了翠翠？"

智 商

　　姜子伟和他的妻子小梅，在福和街开了一间青春礼品店。由于他们夫妻忠诚、厚道，生意红红火火。

　　青春礼品店的开张，对相隔了一条街的幸福礼品店有很大的影响。

　　一年后，青春礼品店对面开了一家长生棺材店。

　　青春礼品店生意一落千丈。

　　姜子伟夫妻商量后，决定将青春礼品店迁到别处去经营，他们将店卖掉了。

　　几个月后，青春礼品店的原址，挂上了幸福礼品店分店的招牌。

　　同时，对面的长生棺材店也改为了香香鲜花店。

明天轮到你

　　晚上十点，他驾车经过一条较为僻静的小巷。路面高低不平，他放慢了车速。

　　突然，一个穿灰色衣服的中年人从他车前横过，他急忙刹车，但灰衣人已倒在地上。

　　他走下车来，灰衣人大声呼痛。

　　一个路人上前，指责他驾车不小心。

　　他说："路不好走，我小心驾驶，是他不小心，突然横过马路。"

　　灰衣人说："你……你没良心，撞伤人还说风凉话。"

　　路人对灰衣人说："我帮你报警，由警察来处理吧！"

　　他说："唉，算我倒霉，别报警，我没有时间。我赔你两千铢医药费。"

　　灰衣人说："什么？两千？两千能医得好？"

　　路人说："两千太少了，多一些吧！"

他给了灰衣人四千铢医药费，开车走了。

灰衣人同路人一同往菜馆喝酒。

路人说："今天你做了两桩生意，赚了七千，你我每人三千五。"

灰衣人说："明天轮到你去撞车了。要多加小心，车开得快的，不要去试。"

义父

孙仁长袖善舞，在商界颇有名气。

他父亲去世后不久，便认了一位义父。

为郑重其事，他特地在南天大酒店举行契拜义父仪式。

那天，车水马龙，冠盖云集。会上主持人介绍："孙仁先生之义父姓毕名大风，乃印度尼西亚大财主，印丰集团总裁。"

来宾为孙仁认了一位财神义父而高兴。

不久，孙仁和义父合资成立了一家印泰仁丰有限公司，由毕大风任董事长兼总经理。一年后，印泰仁丰有限公司倒闭了。毕大风开了四千多万铢空头支票，被捕入狱。

有债主去找孙仁。孙仁摇摇头："我认毕大风为义父是听算命先生之言，只是认个名义，生意与我无关。"

记者往狱中访问毕大风。毕大风说："我是甲木村一个农民，单身。一天，他去找我，说我跟他的父亲一模一样，要认我为父，来京都享晚年……"

只因眼睛那一闪

　　美国西部牛仔群中，汤姆逊的枪法奇准，拔枪快如闪电。死在他枪下的人不知有多少，他因此得到了"西部第一枪"的称号。

　　一天，来了一位女郎，她要和汤姆逊决斗。

　　"你不是我的对手，你这般美丽，我舍不得杀你。"

　　"你怕了，还不知道谁杀死谁呢？你别太自信。如果你不敢和我决斗，从今起你不得杀人。这'西部第一枪'的称号就归我了。"

　　"逼人太甚，是你自寻死路。好，来吧！"

　　决斗开始了。

　　公证人大声喊："一……二……"

　　女郎穿着的牛仔裤突然掉了下来，汤姆逊眼睛往下一闪。

　　女郎拔枪，"砰"的一声。汤姆逊应声倒地。

　　女郎仰天而泣："迈克，我为你报仇了。"

死不逢辰

某侨团主席在公园散步，跌了一跤，把右腿扭伤了。

主席住院后，前往医院探望者络绎不绝。鲜花从病房摆到了通道。

报纸的大字标题下，主席的卧床病照十分抢眼。

四年后，主席卸任了，他成为终身名誉主席。

再过了一年，他心脏病突发，一命归阴了。

家奠那天，灵堂冷清清的，前来祭拜的人极少。

他在棺材里，叹了口气："早知如此，五年前一跤跌死，倒也风光。"

文章憎命达

许真才在酒店门口，遇到了一位阔别二十多年的文友林金贵。

金贵和几个朋友正要进酒店吃午餐，于是便拉了真才的手，要他一起吃饭。

席间，金贵跷起拇指："真才兄，你一直坚持写作，现在是大作家了，令人钦佩。"

真才拿出一本《真才短篇小说集》，签了名送给金贵："金贵兄，三十年前你写了不少散文、小说，现在怎么不写了？"

金贵的一位朋友说："金贵兄事业庞大，又当侨团高职，哪有时间写文章！"

"真的没有时间，别说写文章，报纸也很少看了。"

真才后悔："不该送书给他。"

吃了几道菜，真才先行告辞。

两个小时后，真才转回酒店，询问刚才桌上有没有留下一本书。

一位酒店员工说："有，正要拿去扔掉。"

谁是瞎子

　　房贤国在人行道上与一位老者撞了一个满怀。他向对方破口大骂："你瞎了眼。"

　　老者："你看，我正是瞎子。你有眼睛的才应该避一避。"

　　贤国向老者打量，"果然是个瞎子"，但他不服气："瞎子应该守在家里，怎能出外乱闯？"

　　"你，你这个人……"

　　两人正在争执，一个中年人走过来，拉着老者之手："爸，我来迟一步……"他看见贤国："房老师，是你？"

　　房贤国急忙向老者道歉。

　　中年人向贤国道别，牵老者上了小车。

　　老者问："伟，你认识刚才那个人？"

　　"两天前，朋友介绍他给阿忠、阿娟兄妹俩补习中文。"

　　"这回要看看瞎子父亲，会不会生养一个瞎子儿子了。"

古风

张仁从中国来到泰国。读报时，见讣告中对死去妇女都称为"孺人"，他不解，便请教某侨团总干事李全。

李全说："泰国华人古风依旧，红白事要用古名词，所以，妇人之死要称'孺人'。"

张仁说："古名词！从明代起朝廷命妇分七品：一、二品夫人，三品淑人，四品恭人，五品宜人，六品安人，七品孺人。生时唤夫人，死后连降六级，这太不公平了。"

李全说："降就降，人死了一无所知。"他压低声音，"我们会中的副主席两个月前妻子去世，再过几天他又要娶一个新夫人了。"

"啊，死了个七品，得了个一品，古风，古风！"

寿宴

再过几天便是他母亲的八十大寿，一家人在一起商量生日宴吃什么餐。

他问："妈，由你老人家自己决定，吃什么菜好？"

母亲说："由孙子们来选吧。"

大孙子说："奶奶，我要吃西餐。"

二孙子说："泰国菜好，奶奶。"

小孙女说："日本菜，奶奶，日本菜好吃。"

母亲点点头："都好，都好。"

儿媳妇说："妈，还是吃潮州菜好。"

母亲乐了："也好，也好。"她问孙子："孩子，潮州菜好吗？"

他站在母亲背后，朝孩子们做个鼓掌的手势。

孙子们拍手，齐声说："好好，潮州菜最好！"

应 梦

他为了生计，离乡离井，从汕头乘船前往星洲。

到了新加坡，他当过苦力、小职员、小贩，但不如意事常八九，境况一直不佳。

一天晚上，梦见一老者向他说：你要出人头地，必须转换环境。最好到暹罗去，在那里你能得到第一。

他来到曼谷，有人介绍他去商行当心贤(会计)。他思量：小职员怎能得到第一？小小生意能发家，还是当小贩好。

因劳累过度，一年后，他重病身亡。他所属的同乡会，为他料理后事。刚好义山落成，他便被葬在了义山。

列：天字第一号。

彼一时此一时

和尚在路上遇到一个乞丐。

乞丐向和尚央求："大师，请收我为徒。"

和尚："你凡心未绝，出家不得。"

"大师，我饥寒交迫，求生无路，只有入空门为僧。"

"这样吧，你暂时到寺中当杂役，等机缘来时，才为你剃度。"

乞丐在寺中当杂役，他为人圆滑，人缘极佳，寺中和尚及外来施主都喜欢他。不久，乞丐升为佛寺总管。

两年后，和尚对总管说："总管，看来你与佛有缘，你可以当和尚了。我将为你择个吉日剃度。"

总管急忙说："大师，不，我的佛缘比不上我的人缘，这剃度就免了吧！"

这本书我也有

他读到文艺版的一篇散文。这篇散文好生面善，似乎在一本书中读到过。

他花了半小时，找到一本《世新文集》，查目录，一对原文，竟只字不改，全篇照收。真没想到这位从事写作几十年的文友，竟当起文抄公来！

打算告诉该文艺版编辑，一转念：这么一来这文友的"半世文名"岂不是毁了？

打电话给这位文抄公……

这电话真不好打！

如果把这事压下，文抄公以为人不知，便再施故技，对文坛影响至大。

他终于想出一个办法。

几天后，文抄公接到一封匿名信，其中有一份复印件——《世新文集》中，文抄公所抄的那篇散文。

眼镜

吃完晚饭，他走进客厅，想读报纸。

他找眼镜，四处搜寻，找不到他的老花镜。

他大声唤房中的妻子："把眼镜拿来还给我，人老了就该配副眼镜。老是用我的。"

妻子走进厅来："谁拿你的眼镜……嘻嘻，你的眼镜就在你的脸上，还找什么眼镜。"

他愣住了，用手朝脸上一摸。

他摘下了眼镜，用衣角拭拭眼镜，又把眼镜戴上，看报纸。

不一会儿，他又把眼镜拿下："现在的东西都不耐用，这眼镜配了不到两年，又坏了！"

经济专家

他带他的儿子到中国旅游。

首站是北京。第一天参观故宫、天坛等名胜古迹。

第二天他们登上了八达岭长城。

长城是一条龙。人流也是一条龙。

儿子问："爸，这长城是谁建造的？"

"是中国人民，主角是秦始皇。两千多年前，秦始皇将前时各国修建的，一些断断续续的防御工事，连接起来成为万里长城。"

"太伟大了！"离开了北京，飞往西安。

他们排队随着人潮，参观被称为世界第八大奇迹的兵马俑。

儿子问："这兵马俑是谁遗留下来的？"

"秦始皇。"

"又是秦始皇！太了不起了，这位秦始皇别的不说，从经济角度衡量，他是世界第一位经济专家。"

风气

刘自变七十大寿。寿前，刘自变的儿女们聚在一起。

老大说："去年爸爸生日，他很高兴，但有一桩事使他老人家不大称心，孙子们向他祝寿，不是说泰语便是说英语。后天爷爷生日，都要说'健康长寿'。"

寿辰那天，刘自变切蛋糕时，"健康长寿"此起彼落。

只有老二的儿子阿敢，大声说"Happy Birthday"。

老二火了："讲中国话！"

阿敢："我是中国人，喜知中国事。听李伯说，依传统，中国人做寿不切蛋糕。爷爷切蛋糕，就应说Happy Birthday。"

刘自变哈哈大笑："好，知道自己是中国人就好。来。大家一起唱：Happy……"

水缘

　　水淹京都，马路上水深一米，交通只靠军车。等车要花上一两个小时。

　　她在路旁等车，一辆军车从她面前驶过，却没停下，车上的乘客挤成一团，没处容身。

　　车上一个汉子大声地："停车！我要下车。"

　　他下了车，对她说："快上车，快。"

　　"你呢？"

　　"快上去，我有办法。"

　　她匆匆上车。

　　大水过后，她写了一篇散文《朋友，你等到车了吗》。末段她写着："匆忙中，连谢谢也没对你说。当时，天将黑，我很担心。朋友，你等到车了吗？"

　　文章发表后第三天，她接到文艺版编辑玉玲的来电，约她明天下午一点在新艺咖啡店见面。

她依约前往，走进咖啡店，一个汉子和玉玲迎了上来。
他伸出手来："你是若云之友吧？你的文章写得太好了！"
　　她惊喜地紧握着他的手，他是让她上车的那个汉子。
　　玉玲说："太巧了吧，若云，他是我们作协的新理事，
诗人，田夫先生。"

水改

　　曼谷水淹。他驾着小型货车，慢慢地驶在水盈一米的马路上。

　　路旁，一老妇牵着一小女孩，举手向他求援。他停车了，老妇说，她儿子去内地工作，家中水淹，她和孙女逃了出来，想到收容所去。

　　他带她们两次到收容所，主管者都说人满，无法收容。

　　他心急如焚："带她们到哪里去？到家里去吧，妻子一向很俭啬，带她们回家，妻子一定会大发雷霆。"

　　天将黑，他无可选择，只得带她们婆孙到家里去。

　　他对妻说："大水淹了她们的家。带她们到收容所，人满！晚上就在家里住一晚。让她们睡在厅里地板上，明天去找收容所。"

　　妻子大声地："你说什么，让老太太睡地板？不，床让老太太睡，我们睡地板。也不必去找收容所了，二十万灾民，收容所收得了多少人？让老太太在我们家里住上十天半月，我们也不会更穷。”

他眼睁睁地看着她，心中暗忖：“这场大水，将她的德性也改了！”

水落

　　洪水为患，怕为水所困，人们购买大批日需品，尤其是方便面和纯净水。

　　不几天，纯净水便告缺货，买纯净水者，大排长龙，并限每人两瓶。清清纯水公司的销售部主任向总经理说："为了加速生产，对纯水的处理，可以减少工序。"

　　总经理大喜："好，好办法。"

　　清清纯水大量供售，清清公司赢利比平时多了好几倍。

　　三个月后，洪水退去，饮过清清纯水的人大都肚痛、泻肚。卫生厅检出清清纯水含有微菌被令停止生产，并告上法庭。清清纯水公司倒闭了。

　　曾与清清纯水公司竞争得很剧烈的白白纯水公司，生意突飞猛进。

　　那位向清清纯水公司献计献策的销售部主任，已成为白白纯水公司的副总经理。

真善

"爸爸，我们有船了。"小芳兴冲冲地跑上二楼对父亲说。

"船！哪里来的船？"

"对面周大娘给我们的，她说，这次水灾，她到救济处领到了五艘小船，分给无能力购买船的，我们也得到一艘。"

"周大娘真是个好人。"

两天后，有小贩来卖船："可乘四人的船，每只三千五百铢。"

一居民："三千五，太贵了吧！"

"友谊价，我有良心，不乘人之危。"小贩抬眼见到了周大娘，大声说："这个大嫂，两天前到我店中买了五只船，每只也是三千五……"

人水问答

某地洪水为患。

人问："洪水，你为何这般凶猛，淹我房屋、庄园，真的是洪水猛兽。"

水说："我们要归家，我们的家是大海。你们把我截住，使我有家归不得，只能随遇而安。其实我们是善良的，你们不是说柔情似水吗？"

"你们为什么变得污而且臭，微菌丛生？"

"我们从天上来，经高山，原是清清白白的，正如你们饮的纯净水、矿泉水。我们的污臭都是你们人类所作所为而造成的。"

"如此说来你是我们的好朋友。"

"不是好朋友，我们是人类的母亲。"

诉苦

自从洪水漫延到曼谷郊区，他整天守在电视机前，看洪水来势。

他家在曼谷市中心，据各方报道以及专家分析，十天后洪水便会淹到他所处的地区。

他等着，等着不受欢迎的洪水的到来。

一天一天的等，一天天的折磨。

十天过去，洪水越来越近了，但是总没有淹到他的家。不退又不进的洪水，竟和他玩起游击战来。

一个月过去，洪水退去。他等不到洪水，若有所失！他查一查这次防水清单：

抽水机三架 7000 铢。

发电机一台 25000 铢。

沙包砖石 12000 铢。

……

这些防洪工具都没有发挥过作用，觉得很可惜，他向一位家被洪水淹了的朋友诉苦。

对方静静地听着，一句话也没说。

有贼

深夜，两个汉子乘着小舟，划向被洪水淹了的永富宅区。

甲汉子："你别划得太快，我不会游泳。"

乙汉子："怕翻船？我也不会，但我不怕。"

小舟靠近一豪华楼房，两个汉子将小舟系于二楼栏杆，翻身上楼。进入屋内，将贵重的东西装满两大皮箱，走出门来，大吃一惊。

甲汉子："有贼？有贼！"

乙汉子："不要大声。别说有贼。"

"真的有……船不见了，怎么办？"

"守在这里等船。"

天刚亮，一小型机动船驶来，两个汉子大声唤："我们要到别地避水，请行个方便。"

船靠二楼，两个汉子提着皮箱上船。船中有四位乘客，其中两人拔出手枪："举起手来！"两个汉子被戴上手铐。

甲汉子："我们是这房子的主人，为何捉我们？"

船中一老汉说："两位贼兄台，我住在这房子对面，你们的所作所为，我都看见了。小舟也是我游过去解开，划去报警的。"

他又做了一只木船

一位六十多岁的单身汉，洪灾期间，划着一只自己制造可乘四人的小木船，义务接送福临社区居民。

有乘客给他钱，他不接受："我不缺钱，你留着吧！"

有时船里已有三位乘客，他见到有等船的，便跳下水里去，把座位让给第四位乘客。他在水中牵着船，一步一步地走着。

一个多月后，洪水退了。福临社区举行庆功会，表彰水灾期间有功人士，大都是政府官员、社会知名人士。

庆功宴每席两万铢，据说收入作为公益。他没有钱，进不了会场。他站在会场旁边，有些人对他有点脸熟，但都没有和他打招呼。

他欣赏着场外红红绿绿的灯光和人潮，他高兴福临区恢复了繁荣，但一转念："明年会不会水淹？"

他开始做一只可乘七人的木船。

心得

几位朋友在一起，各自夸耀其读书心得。

甲说："我十岁读《三国演义》，七十多年来，我读了四遍'三国'，三次'红楼'，五回'水浒'……"

乙说："唐诗三百首，我能背诵五六十首。"

丙说："《鲁迅全集》，我在中学时就全部读完了。"

丁说："我读过一则读书札记：国学大师钱穆八岁便能背诵《三国演义》，只要人家读前一句，钱穆便能将下文继续背下去。一天，钱穆和他的父亲走过一座木桥。

"他父亲问：桥字怎么写？钱穆答：木旁加乔字。父亲又问：马字旁呢？钱穆答：是骄字。

"父亲点点头：你每天为人背《三国演义》，是不是与这个字有关？

"从此，钱穆不再在人家面前背诵《三国演义》了。"

读书心得会也结束了。

包袱

他有点小聪明，但最重要的是有心机。善于自我宣传，吹牛拍马是他的擅长。

他得到了不少奖盾，奖杯……

他家里客厅中的架子上，摆的都是奖牌。

他经常邀朋友到家中，欣赏他一块一块的骄人成就。

他岁数越来越大，表现欲愈来愈强。他觉得奖牌置于家中，少人知道，于是，他把几十块奖牌放在布袋中，背在背上，到各处陈列。

他的腰被包袱压弯了。

他不怕腰弯，只怕名声不扬。

一天他倒在路上。

他死了，被那个包袱压死的。

值得

邓文向他的伯父邓发要求："伯父，学校将要开学了，我的两个孩子的学费，我无法应付。请伯伯借给我八千铢。"

"市情冷淡，生意难做，伯伯的开销太大，实是爱莫能助。你想想别的办法吧。"

邓文走后，邓发的妻子有所不解："你近来捐助日本海啸，一出手便是二十万铢，区区八千铢为何不借给他？"

"你懂什么！捐款给日本，这叫国际人道主义精神。况且是日本大使亲自接领。"邓发拿出几张报纸，"你看，这是我和日本大使的合影。又有大字标题，内文更详加报道，我的名字名扬四海了。"

重要会议

　　某侨团在会议厅中开理事会。理事长致开幕词："诸位副理事长、诸位理事，今天是本会第二十一届第四次理事会……为了更进一步发展会务，服务侨社，今天的会议很重要……"

　　理事长在台上致辞，台下与会的三十三位理事，有五人在打手机。

　　理事甲："K.C.C. 股涨了，涨了十五点……好……马上给我卖出去。"

　　理事乙："喂，今晚你早一些到公馆去。三缺一，你一定要到。"

　　理事丙："陈风兄，我真的周转不灵，那张五十万的支票，你慢几天再去过账……我一定请客。"

　　理事丁的声音压得特别低："我正在开会，你先去幸福酒店的 124 房等我。亲爱的，听话。"

　　理事戊："啊……哈，哈，哈……"

铁拐李的酒葫芦

给力拍卖会。唐、宋、元各代文物，都以高价成交。

超级文物上场了，这是经专家团鉴定的铁拐李酒葫芦。标价节节高升，直至三千四百万元。正要下锤敲定，一老者和一中年人走进场来。

老者大呼："请慢，铁拐李的真葫芦在此！"他将酒葫芦给专家团监定。

专家鉴定后："葫芦是真但不是古物，只值十元。"

引起哄堂大笑。

老者拿出四条金条："我和你们打赌，如果专家胜了，金条拿去平分。输了，在此向大家认错，从此不当宝鉴。"

专家看了金条，点头答应。

老者："来一瓶清水。"

老者把水倒入葫芦，酒香扑鼻。

老者喝了一杯，其余给四位专家及在场者品尝。

饮者皆称"好酒。"

专家低首认错。拍卖会草草结束。

老者走出拍卖场。中年人笑着说:"铁拐兄,幸得我们云游至此,不然,世人以为你连随身的葫芦也卖了!"

"湘子,你别笑,终有一日,你的洞箫也会登上拍卖台。"

庙前少一人

他和他的儿子、孙子一家人到杭州等地观光。

他们观赏了西湖的湖光山色，然后到附近的岳王庙参拜。

孙子对岳王庙前跪着的两个石人特别感兴趣，便向爷爷请教。

爷爷把岳飞精忠报国、秦桧的卖国求荣及王氏的毒恶，详细地讲给他孙子听。

孙子在庙前巡视一周："爷爷，这庙前应该多跪一个人。"

"多跪一个人！是谁？"

"罪魁宋高宗——赵构。"

两座山

二爷八十一岁大寿，在高昇大酒店设寿宴，宴请侨社各界人士。

酒过三巡，便有人提出向二爷祝寿。为表现侨社开明进步，祝寿诗要用新诗。每首都要有"山"字。

贵宾甲："二爷是一座大山＼不怕雨＼不怕风＼与天地同寿＼二爷啊＼你与日月争光。"

贵宾乙："二爷有两座山＼黄灿灿的金山＼白皑皑的银山＼子子孙孙享用不尽＼二爷的名头啊＼比东海＼还要大。"

二爷大喜，满堂掌声。

两年后，二爷去世了，依潮州风俗，二爷的灵前有两座纸扎的金山、银山。

吉日与良机

杨金财的儿子与女友恋爱多年，决定今年结婚。

杨金财和妻子张玉到黄道日馆择日。

黄道日馆馆主黄通天，将乾坤两造的生辰八字仔细算了一算，择定于今年十月初三日为结婚良辰吉日。

过了几天，杨金财对张玉说："儿子结婚日子改于六月十五日。"

"为什么要改？难道你比通天大师更通天？"

"这一次全国选举人民代表，各政党竞争非常激烈。在竞选期间，我请前副总理在我们儿子的婚礼中致辞。十月选举大势已定，就请不到了。通天大师择的是吉日，我择的是良机。"

变得轻松

某侨团主席，红白事是他的最忙，也成为他的精神压力。

他车中备有红、黑两条领带。

有一次，他到佛寺参加丧礼，事后又马上赶往酒店为新婚夫妇致贺词。他忘记换上红领带，到了酒店被人发觉，匆忙中将红领带打得歪歪斜斜的。

他的妻子特地请四川一位变脸师傅，为他设计了一条会变色的领带，身子一摇便红变黑，黑变红。

他是上了年纪的人了，上台致辞，经常出错。他妻子让他在家预先录音。一上台，开CD，他动口而不发声，学那些歌星的登台假唱。

从此，他很轻松。他打算将再连任三到五届。

得体

他死要脸，他想尽办法、穷施手段来宣传自己。

声名日隆、地位高升、出类拔萃是他的愿望，除了自己动笔，还经常求朋友为他写吹捧文章。

朋友群中会写的，已有好几位被他"感动"，不得不著文推介。

只有一位在社会上颇有威信的朋友没有动笔。但经不起他的再三央求，只得写了一篇《赞文》，其中有"骨相多奇，仪表可嘉"之句。

他大喜，拿这篇文四处给人家欣赏。

一位古文根底很好的学者，看后大笑，连声称："好、好、好，非常得体。"

过后有人问学者："你为何连声称好，好在哪里？"

"哈哈，'骨相多奇，仪表可嘉'，是《狗赋》中的两句。"

归宗

某国，全国人口中，华人、华侨占三分之一。

因种种原因，几十年来，某国和中国关系有很大的改变。

由于关系的改变，加上中国的强盛，影响到某国许多高层人物身世的改写。

1950年，许多部长、军警长官都说：我是正泰人，百分之百泰族血统。

1980年，许多部长、军警长官自称：我的父亲是泰国人，母亲是中国人。

2000年，许多、许多的泰国高层，都有中国姓和中国名，他们的姓名都是很好听、饶有意思的字眼。

模范公民

傍晚，他在一家酒馆，喝得酩酊大醉，踉跄地走到街上。

突然有一个人在他面前一闪，他吃了一惊，跌跌撞撞地向前一扑，顺势将那人抱住。

后面传来一阵呼声："捉住了，捉着了……"

几个人赶上来，七嘴八舌地：

"好公民，见义勇为……"

"劫贼拿着刀，你竟敢空手捉劫贼！"

"好极，真是好极！"

两名警员将劫贼扣上了手铐，他也被拥上了警署。

警长对他大加赞赏："你是本市的好公民，真是难得。"

第二天报上大字标题："模范公民李协作，空手制伏持刀劫匪……"

但他想起那把闪亮亮的尖刀，他再也不敢喝酒了。

大师

一位二流侨领，生意失败后万念俱灰，便削发为僧。

但他凡心未灭，经常买彩票。

他幸运地中了头彩，奖金四千多万铢。他还俗了。他又跻身于侨领群中，人们都称他"大师"。

一位三流侨领，他的境况极为不佳，受到大师侨领的影响，以为当了和尚会有佛祖保佑，便能化凶为吉，富贵荣华，于是，这位三流侨领也落发为僧，法号"了中"，意含"中了"之意。

了中大购彩票，但每次都使他失望。

本来了中打算一年半载便可还俗，可事与愿违，他越来越穷了。

了中没中，他只能永远做一名苦行僧。但也被人称为"大师"。

穷鬼

　　他失业两年，妻子又对他不理解，一见面便是扑面而来的怨气，接着是滔滔不绝的烦心的唠叨。

　　他决心一死了之。

　　他生怕死在家中，家成为凶宅，孩子们害怕。于是，在一个深夜里，他拿了一条绳子，走到一个僻静的小公园，想吊死在树上。

　　他走着，走着，突然有一个戴着纸帽、手持木棒的恶鬼闪了出来："把身上的财物拿出来，免你一死。"

　　死？他是来寻死的，便哈哈大笑："你这穷鬼，遇到我这身上分文全无的穷人，看打。"他将绳子向穷鬼抽去。

　　穷鬼大惊，一跳一闪，便不见了。

　　他叹了口气："生为穷人，死后必成为穷鬼，穷鬼比穷人更惨！"

　　他把绳子丢掉，挺起胸膛，昂首回家。

少一心爱之物

　　李先驱去世了，终年八十一岁。

　　他的家属依目前泰华最时兴的中泰合璧仪式，在佛寺中为死者治丧。

　　一连五晚，延泰僧诵经说偈。

　　第六天，请中国和尚做"功德"。

　　潮州的庙堂音乐很有特色，时而丝竹悠扬哀怨，时而锣鼓喧天，真是哀而不颓。

　　除了做"功德"外，还有各式各样的纸制冥器，院落、楼房、汽车、家具、被褥、女侍等。

　　李先驱的大孙子李孝，对爷爷很孝顺。李先驱去世，李孝非常伤心。他对爷爷的丧礼，十分关心。他站在冥器前细心视察，之后，他对父亲说："爸，冥器中少了一件爷爷心爱之物。"

　　"少什么？"

"电脑，自爷爷学会电脑后，便天天上网。"

"对，我一时忘了，快打电话给冥器店，加一台最好的名牌电脑。"

君子之风

两国边境交战，A国为表示君子之风，说："战争不能扩大，要克制。"

B国向A国开火，炮弹纷纷落在A国土地上。前线军队要回击，A国领导人下令："先数一数B国射来多少枚炮弹，然后以同等的炮弹回击，不能多也不能少，以示公平。"

A国军队花了两个小时的时间，计算出B国军队射来了三百四十三发炮弹。正要回击，B国又一阵炮弹落下，A国领导人又下令："暂不回击，再算一算，两次炮弹加在一起，一齐回击。"

B国的炮弹一阵阵地射向A国。

A国领导人迫于民愤，下令立即开炮。

总司令急报：我方炮兵阵地已被对方摧毁了，请拨款重建阵地。

依数字没有错

某国洪水成灾。

洪水退后，有关当局召开会议。某反派民代①首先发言，检举救灾贪污民代："汶汶区民代在水灾时，支取大量救灾款项，只餐盒一项便四亿多。太过离谱了。"

汶汶区民代："汶汶区有居民八万多人，每日三餐，便要二十四万饭盒，每盒四十铢，水淹四十五天，你算一算，不是四亿多吗！离什么谱？"

反派民代："水淹两米，居民大多疏散，留在汶汶区居民不会超过百分之二十。"

汶汶区民代："你每天都去汶汶区算居民留下多少？我说八万人就是八万人！"

———————————

①民代："人民代表"的简称。

两民代争得面红耳赤。

会议主席（执政党要员）："不要再争了，根据户口来计算也没错，况且政府的政策是：宁可浪费一些，而不要饿死一个人。闭会。"

委屈

宋时，四川人张无赤，喜吟诗作文，自资刻了几本诗集、文集，广赠亲朋，但得不到赞赏，因而郁郁而终。

一千年后犹心有不甘，往南衙求他的同宗文曲星为其申冤。

"星君啊，你主管天下文事，护佑文运。我含冤千载，我要控告……"

"你所告何人？"

"清人纪晓岚，他贪杯好色，嫉贤妒能，我刻了那么多的书，竟无一本收于他主编的《四库全书》之中。"

"把你的代表作呈上来。"

他解开包袱，找出诗集、文集各一本，呈上。文曲星看了一行文章、半句诗，大怒："左右！将此人打二十大板，赶了出去！"

还有假币三千多亿

　　他去世了，家人为他烧了大批纸制冥器，另有冥都银行钞票两千多亿。

　　到了阴府，他发觉衣箱中都是古代服装，不适合现代鬼社会的潮流。

　　他到云天百货公司购买衣物。付款时，百货公司职员说他的钞票都是假的，报警将他抓了。

　　他上了天事法庭，法官判他十五年徒刑。

　　"大人啊，我冤枉！这些钞票都是家人火汇给我的，请大人开恩！"

　　"你使用了一千万假币，本要判三十年，念你初犯，减了一半。这里的天条有规定，如果使用假币一亿元以上，便判死刑。""死刑？我现在已是鬼了，死后又变成什么？"

　　"人死为鬼，鬼死为人。"

　　"大人，我家还有假币三千多亿。"

改者不写

据说他的学问甚博，文章写得很好，但没有人读过他的作品。

他喜欢修改人家的文章。

小姜的文章经常被他修改。

一天，小姜对他说："你老是改我文章，你写一篇让我欣赏欣赏。"

他大笑：写文章乃小事一桩，改文才是大学问。

旁边的老王接着说："从前有一秀才写了一对联：'风吹柳絮千条绿，日照桃花万点红。'一老者说：'这对子不好，要改一改。'秀才说：'对子不好，你写一对。'老者说：'改者不写，写者不改。'"

他听后大喜："改者不写，我道不孤！告诉我，这段古出自何处？以后可供引证。"

"明代无名氏《趣乐谈笑》中的《不识羞》。"

皆大欢喜

鲁机深大博士者，乃名誉博士也，他将"名誉"两字删掉，为了显示其伟大，加上一个"大"字。

鲁大博士鉴于此地有很多很多的联合会，他便发起组织了一个"TH博士联合总会"。他在报上登了三次缘起，便有四十二位博士（都是名誉的）报名参加总会。

经起草会章后，便择日开会员大会，并选举主席。

大会那天，四十二位博士会员全都到齐，以单记名方式进行主席选举。

投票结果，四十二人各得一票。经二投、三投，都如此。

眼看"TH博士联合总会"的主席就要流产了。鲁大博士上台，高呼："各位博士，我们每人各得一票，没有比一票再多的，因此得一票的都是主席……"

台下掌声如雷，"TH博士联合总会"成立了，共有四十二位博士主席，阵容空前壮大。

义务

　　某名人受邀到"文化经济促进会"作专题演讲。他讲的专题是"义务"。由于主讲人的知名度颇高，听众有三百多人。

　　他说："人类为了更好地生存与发展，人与人之间建立的各种社会关系……一个人在社会中应只讲付出，不求报酬，履行义务。"

　　演讲会结束，主人盛宴招待，并通过名人的秘书给名人送一个信封。

　　名人和他的秘书乘车回去。

　　在车中，名人问秘书："信封里多少？"

　　秘书："八千铢。"

　　名人摇头："只八千铢！记住，以后这个文化会请我演讲，不要答应。"

风水

　　他迷信风水，认为找一块福地，死后不单可安居其中，同时也荫益子孙，一次投资便世世代代荣华富贵。

　　他花了一千多万铢营造了一方寿域。四年后他病入膏肓，在病中听到三个儿子为风水之事争得很激烈。

　　次子说："我找看山先生详细查勘了好几回，都说是块凶地。父亲死后，不可葬在那里。"

　　长子说："这风水是父亲选的，况且花了很多钱。谁主张不把父亲葬在这一福地，谁就是大逆不道。"

　　"你放屁，我绝不让父亲葬此不吉不祥之地。"

　　三儿子："二哥说得对，这风水只利于长房，对我和二哥极为不利，我也反对。"

　　"我一定要……"接下来连脏话都出口了。

　　他在床上大叫一声："别争了，火葬……"

　　气一逆，他去世了。

永远名誉冠军

此老自认写得一手好字，是个了不起的书法家。

他曾获得书法美术联合会举行的书法比赛第一名。

过了两年，他又参赛，这一次他得了第三名。他大发雷霆，到处大骂："这批评委不是瞎了眼便是蓄意打压，怕我成名。冠军该是我的，我要控告。"

他大吵大闹，几位评委有的害怕他的凶横毒恶，有的心灰意冷，再也不敢当评委了。

十几年没有书法比赛了，书法美术联合会打算再度举行书法比赛。

一位理事说："此老未死，比赛将有麻烦。"

理事会出了一个主意："由本会颁发给他一个书法'永远名誉冠军'头衔，以资奖慰。"

众皆称好。几天后，书法美术联合会会长等，拿着奖盾到此老家中。

此老高高兴兴地接受了，但附有一个条件："今后书法比赛得奖名单公布时，我的'永远名誉冠军'一定要放在最前面。"

意外

　　某侨团主席去世了，他来到阴间，刚好阴府正开动三大工程，规定新鬼必须服役两年，但有例外：在阳世做过官的或是行过善的，可以免役。

　　主席大喜，对判官说："我当过会馆主席，并经常行善捐款。这些，有报纸可证明。"

　　判官哈哈大笑："你当的是民间自封官，不算数。你行善而大事宣传，不是真善，服役去吧！"

　　阴曹的司簿对判官说："此人在生至孝。"

　　"是个孝子？也罢，赦你免役，好好做鬼吧！"

　　主席向判官谢恩，又对司簿道谢。他抬眼，这位替他开脱的司簿，竟是生前被他解职的会馆总干事。

都是好政策

　　某国国民议会届满，依宪法进行改选人民代表。

　　几十个政党大肆宣传，三个大党更是奇招迭出。

　　三大政党的代表上电视台作党策宣传。

　　A 党代表：吾党执政，每位国民，自出生之日起至去世，一切生活费用由国家付出。

　　主持人：经费从哪里来？

　　A 党代表：很容易！多印钞票，需要多少就印多少。

　　B 党代表：目前交通阻塞，本党执政，三天便能解决交通问题。

　　主持人：三天？怎么改善交通？

　　B 党代表：马路四角的交通灯，全部改为绿灯，没有红灯，车辆畅通无阻。

　　C 党代表：吾党向来注重教育，如能执政，百分之五十的国民都将成为博士。

主持人：什么办法可以培养这么多的博士？

C 党代表：各大学多印博士文凭及名誉博士证书，廉价出售。

最佳选举法

　　某侨团理事会即将届满，主席召开筹选会。他在会上说："本人连任三届主席，据会章规定不能再任了。今天我来介绍目前侨社几种选举法，给大家参考：

　　"（一）现场提名，举手表决法；（二）抽签卜定法；（三）抓阄法；（四）单记名票选法；（五）仙师下鸾扶乩法；（六）祷杯三胜法。"

　　众理事纷纷发表意见：

　　"现场举手，易得罪人。"

　　"抽签，抓阄，赌兴衰，抓到的也不光荣。"

　　"单记名票选，有感情票、利益票、划错票等，也不能达到选贤任能的目的。"

　　"扶乩呢，我会没有供奉仙师。"

　　"祷杯倒是个好办法。"

　　有些人不明白祷杯是什么？

总干事解释："祷杯是一种古老的传统文化，在潮汕一带极为流行。杯笅由两片木片或竹片制成，一面平一面凸，掷于地上，两面平的叫阴杯，两面凸的叫阳杯，一平一凸是胜杯，连得三胜杯者大吉大利。"

于是择定吉日，到关帝爷庙去祷杯。一兴姓副主席连得三胜杯，被定为下届主席。

关公义薄云天，又最公道正直，既是关老爷的示意，众人皆服，并说这选举法好。

民主进步的文明国

某小国，各种制度都抄之于西方国家。

选举法也依样画葫芦。

但小国的"文明"大大比不上西方诸国，文盲人数占总人口百分之三十五。

小国又要举行大选了，但很多选民读不懂参选代表的姓名，连代表的参选号码也看不懂，他们不识本国的十个数码，国际阿拉伯码更不懂。于是选举委员会特在选票上加印跟麻将牌筒子一般的圆点，一号一点，二号两点……

村长拿着一大t沓信封，分给村民："一定要选那个十二点。钱拿去，好好数点，不要算错，记住在十二点上面画一个 × 字。不然，哼哼……"

小国得到西方国家的称赞："自由、文明的民主进步国。"

论坛文化

世界尖端文化论坛在 C 国举行。

T 国的一个民间体——大文化经济教育联合会，派出了一个五人代表团前往参加。

一位代表问秘书长："什么是文化？"

秘书长说："文化包括思想、理念、文字、语言……"

另一代表说："你不要说得太快，什么是思想、理……念？"

又一代表说："这次的团费是高了一些，但也无所谓，我怕的是记者来访问，我什么都不懂。"

秘书长说："你们别怕，也不要再问了。文化就是文化，不懂就是不懂，这次论坛你们半句话也不用说，放心。"

论坛期间，C 国媒体报道："T 国的五位代表，都是当地文化名流，有骄人成就，为 C T 两国文化交流做出了巨大贡献。"

文曲星妙判

文抄公去世不久，便被告上天庭。

此案由文曲星君审判。

文曲星："文抄鬼！经查审，你在世时，抄了二十二位作家三十四篇作品，严重侵犯著作权，且败坏文坛声誉，判你三十年徒刑。"

文抄鬼："星君啊！我坦白承认，请轻判。况且我是全篇照抄，不加掩饰，证明我是正直的。不似那个文摘鬼，他东抄西摘，杂拼成篇。"

"果有此事？"

"句句属实。"

"左右！传文摘鬼上来。"

文摘鬼大摇大摆上殿："星君，我著作等身啊。"

文曲星令掌簿判官查文摘鬼档案。

掌簿查毕，上禀："文摘鬼生时抄摘了一百三十篇作品。"

文摘鬼："我虽摘录了一些文章，但也花了很多心机，综合总结而成。我有苦劳。"

星君大笑："文抄、文摘两鬼听判：文抄鬼，有如劫匪，一见财物，全部洗劫。念你坦白认错，且检举有功，改判十五年徒刑，打入第八层地狱。文摘鬼你有如小偷，东一手西一手，偷偷摸摸，受害者更多，且死不认错，判二十年苦刑，打入第十一层地狱。不得上诉！左右！退堂！"

钱为何物

两位奇装异服、戴着金色头盔的不速之客来到泰华百货市场。他们选了铜象、木龙舟、女人奶罩等几样货品，纳入衣袋，转身便走。

售货员大声唤："你们尚未付钱！"

两怪客拿出宇宙语言快译机，说道："付钱？钱为何物？我们火星国，一切都是国家供给，要什么，任取，国家没有印钞票。"

"别装神弄鬼，没钱就将东西留下。"

一大群人围了上来。吵闹声中公司的经理来了："两位先生，从哪里来？"

"火星来的，这几样东西我们那边没有，拿去作纪念，刚才他说要付……钱，我们没有。"

"啊，是火星人先生，远客，这几样东西就送给你们作纪念。"

"送给我们？可我们没有带礼品来回敬！这样吧，我送你们一粒纽扣。"

两位火星人各自从衣服上摘下一粒纽扣，送给经理。

后来经理把纽扣给专家鉴定，专家说：纽扣是钻石制成的。

和尚与井

　　和尚在旷野中走着。他累了，在树下坐了下来。他眼睛扫向四方，远处是起起伏伏的山丘，近处是一条充满着泥沙的小河在旷野中蜿蜒。

　　和尚已不止一次来到这旷野，这一回他打定主意，要在这里开凿一眼井。

　　三个工人在旷野中掘井。

　　一年轻工人说："这和尚有点古怪，在这无人烟的地方掘井。"

　　另一工人说："这是个傻和尚。"

　　工头说："你才傻呢，说不定和尚要在这里建佛寺，此地风水不错。"

　　井打好了。和尚并没在此建佛寺。

　　几年后，有几十户人家在井的附近聚居。旷野中建起一小村庄。

一天，开井的和尚到小村来。他走向一户人家，轻轻敲着这户人家的门。

屋里走出一青年男子，他一见和尚，便说："请到别处去吧！"

和尚走向另一户人家，敲着门，一中年妇女把门打开。和尚说："施主，请借你家的吊桶一用，老衲想要打一桶井水……"

"吊桶？我家的吊桶坏了。"中年妇女说完便把门关上。

和尚走向第三户人家，刚好一位七十多岁的老汉从屋里走了出来，一见和尚便双手合十："师父，你好。"

"施主，请借吊桶打桶水。"

"啊，天气太热。师傅，你口渴？我去拿杯水来。我家的水都是从井里打出来的，你不必去打水了。"

"不，施主，我自己去打，喝上几口，也洗洗脸，用完后把吊桶送还。"

"师父，我陪你去吧，免得你多走一程。"

和尚从井里打起了一桶水，喝了两口，又捧起水洗洗脸："这水好清凉。"

老汉点点头："这井水整年都是这样的，好井，是眼好井。也就是有这眼井才有几十户人家在此落户，大家日子都过得很好。不知是谁在这里掘了这眼井，功德无量，功德无量啊。"

和尚笑了一笑，道一声"阿弥陀佛"，便和老汉告别。

一个月后，和尚走在山坡上，这是他第三次来到这里。

和尚坐在树下，闭着眼睛，他心中又浮起了另一眼井。

和尚与贼

晚上十点，夜很静。

位于郊外的芭莫寺更是显得有点萧疏。

方丈独自在佛殿中打坐。窗外，呼呼的晚风越吹越劲，方丈以深沉的声音说："施主，要下雨了，你进来吧！"

一大汉翻窗而进："老和尚，你好厉害，我蹲在窗下你也知道！"

"施主晚间至此，必有所求。此地只有你我二人，你就实说了吧。"

"好，实说就实说，我急需用点钱，借贷无门，来此想拿……不，是借，想借佛前的铜烛台、铜香炉等器物去变卖，可和尚你老是在此打坐，叫我无从下手。"

"你急需用钱？要多少？"

"三……四千铢就够了。"

"好，明晚八点，你到这里来找我。"

"你……你要给我钱？不会骗我吧！"

"出家人不说妄话，明晚八点你从佛殿正面左门进来。"

第二天晚上，和尚在佛殿打坐。

八点过去了，九点过去了，大汉没有到来。

十点半，窗外响起了呼喝声："有贼，捉贼呀。"

"把这衰贼拿去见方丈。"

二名守阍将大汉押进佛殿。

"光头贼，你真厉害，你太恶毒了。什么出家人不说妄语，暗地里设了恶计，将我捉了。你不配当和尚……"大汉一见方丈便破口大骂。

方丈将手一挥，对两名守阍说："你们下去吧，这人我认识。"

方丈转过头来对大汉说："施主，骂够了吧！是谁设计害你？老衲昨晚跟你说，八点从左门进来，你呢……"

大汉一怔，暗忖："这该怪我疑心太重！"

"施主，"方丈手一指，"这烛台之下有一信封，你拿去吧！"

大汉急忙把信封拆开。"四千！"大汉向方丈下跪，"方丈，我错怪你了。我该死，这钱我会还的。"

"你回去吧！"

大汉站起来，走向殿门，停了步，又走回来："方丈，我真的急要用钱，我不骗你，我母亲后天要火化，她老人家的棺材就寄在这佛寺里第三功德厅。"

大汉走了。

和尚合十诵起经来。他在为第三厅的死者诵经超度。

回避

　　世界潮人联谊大会在 T 国举行。赵钱孙是这一届潮人联谊会主办单位的副主席。

　　联谊会开幕，赵钱孙坐在台下第二排。与他同一排，隔有五六个座位的是 F 国潮人代表团副团长周吴郑。

　　赵钱孙一见周吴郑，觉得有点面熟，他脑中泛起了一桩往事："啊！原来是他，他也来了。"赵钱孙悄悄地走到后面一个不易被人发现的角落坐了下来。

　　当赵钱孙离开时，正好周吴郑转过头来见到赵钱孙。周吴郑喜上心头："果然在这里见到了他，我就坐在这里等他。"

　　过了十多分钟，不见赵钱孙回来。周吴郑决定去找赵钱孙，他绕场一周，也见不到赵钱孙："他在回避我！"

　　世界潮人联谊会闭幕后第二天，赵钱孙在他公司的董事长室读报，一位职员敲门进来："董事长，有一位姓周的先生要见您，说是从 F 国来的。"

"……请他进来吧！"

周吴郑走进了董事长室，赵钱孙迎了上去。周吴郑恭恭敬敬地向赵钱孙行了一个鞠躬礼："赵老板，大恩人，我、我是周仁兴。我对不起您啊！"

"周先生，您别这样说，千万不可叫恩人……"

"赵老板，恩人，二十多年前我从 K 地逃难至此，经友人介绍到您公司任职，一年多的时间，承您多多照顾、体谅，可我却挪用了公司的款项……"

"不，周先生您没挪用公司款项，是陈经理误会了。"

"赵老板，当时我逃难至此，是带了点钱来，想到第三国去。到第三国要花活动费。开头我被骗去好几万泰币。第二次搭对了线，可我的钱不够，还少八万泰币。当时我在你公司任职，妻子及两个孩子还在难民营，我不得已才拿了公司八万泰币。就在我将要往 F 国之前两天，陈经理发现我挪用公款，报了警，警察要来抓人，是您老对陈经理说，钱是您动用的。赵老板您为我开脱，也救了我一家四口啊！"

"周先生，钱是我动用的。你没有拿公司的钱。"

"赵老板，您施恩不图报，可我受恩永不忘。十几年前我曾经两次汇款还您，可您都退了回去。这次我是亲自将钱带来加倍奉还您的。"周吴郑边说边拿起公文包。

赵钱孙急忙说："不，周先生，假如你觉得我这个人能当你的朋友的话，就再不要提起钱的事。来，我们喝杯功夫茶吧！"

"是，赵老板，我来。在 F 国我每天都喝功夫茶，那里潮州人也不少。"

茶过三巡，周吴郑起身向赵钱孙告辞。

赵钱孙送周吴郑至门口。

周吴郑向赵钱孙握别："赵老板，明年十月十八日是您八十大寿之期，我将特来为您拜寿。"

老头的钥匙

老头腰间挂着一串钥匙，这串钥匙对他极为重要，除了睡觉，钥匙总是吊在腰间。

老头八十多岁了，他的腰一天一天地弯下去，那串钥匙对他有些沉重了。

有人劝他："把钥匙交给你儿子吧！你看，孩子也这么大了。"

也有人不客气地："你老是想不开，整天守着一串钥匙……财产你带不进棺材的，早晚是你儿子的。"

老头摇摇头，什么话也没说，按一按钥匙就走开了。

老头去世了，邻居到老头家帮老头的儿子料理丧事，看到那串钥匙还挂在老头腰际，便向老头的儿子说："你们把钥匙给忘了，快把钥匙拿出来。"

"唉！"老头的儿子叹了一口气，"三十年前，我家住在北榄市，开了一家商店，父亲经常出外接洽生意，店里的事务由我妈经营，这串钥匙就挂在我妈的身上。一天邻居失火了，我家也遭波及，店里的东西烧光了，妈也被闷死了。这串钥匙是爸从妈身上解下来的……爸一直挂在腰间，他老人家走了，让钥匙永远伴随着他吧！"

富子地

陈思金青年时对于风水还是半信半疑，上了六十岁后，就越来越相信风水了。他厚礼聘请了一位风水先生，为他找一块福地，作为死后的葬身之所。

陈思金特别关照风水先生，要找一块发财地，使他的子孙大富大贵。

半年后，风水先生不负陈思金所望，找到了一块好风水，名叫"富子地"。

陈思金花了好几百万铢，营造他的寿域。

"富子"寿域建好三年了，陈思金的事业一天不如一天，看来不日便会破产。他怒气冲冲地找风水先生质问："你说这块风水是大富大贵的灵地，可筑成后我的生意却一落千丈。"

"唉！我对你说了，这风水叫富子地，要等你……等你百年之后，葬于此穴，你的儿子才大发。"

"这么说我这一生是富不起来了……嗯，先生，你想想有什么诀术，使我先发起来？"

"难、难，富子地就是富子，这诀术嘛……"风水先生闭眼沉思了一会儿，"有了，不必做什么诀术，把你父亲的棺材，从那块老风水迁到富子地安葬，你作为儿子的，就会大富起来。"

陈思金按照风水先生的话，进行坟墓迁移。

这风水真灵，陈思金把他父亲的棺木迁葬于富子地后，不久，他就进入佳境，两年后，陈思金大富起来。

陈思金八十六岁了，一病不起，眼看就要归西了。他的三个儿子在一起商量。

"父亲的丧事，最重要的是风水，要马上找块好的风水。"三儿子说。

大儿子点点头："富子地已茔葬祖父了。"

"把祖父迁回老墓地去……其实这块风水本来就是父亲的。"老大提出意见。

思金的三个儿子取得共识，都表示赞成。

陈思金去世了，下葬那天，他的几个孙子都觉得奇怪，问他家里的老管家："太爷爷葬在这里好好的，为什么要把他老人家的棺材迁来移去？爷爷非葬在这里不可吗？"

老管家诡异地笑了一笑："你们还小，二十年后，你们就会比我更明白。"

回 归

　　"光，'九七'香港回归，我们到香港参加庆祝，同时和亲友们见见面，叙叙旧。好几年没去香港啦。"李慧对她的丈夫说。

　　"香港！真没料到香港现在会这般繁荣。唉，我真后悔移民到加拿大来。十年了，这里的生意很难做……"卓光叹一口气。

　　"到香港去庆回归，也可看看那里生意可不可做。"

　　"回去香港做生意？我们香港的房子都卖了，现在香港的房地产比十年前涨了好几倍。十年前我们的那层楼只卖八百万港币，现在四五千万也不能找到那么适当的地点。"

　　"你老是说你是中国人，香港回归祖国是天大喜事。生为中国人就该去看看，光，我们带孩子们一起去香港吧。"

　　"听说香港的酒店都满了。"

　　"住在阿娴那层楼，宝珠大厦十楼还空着呢！"

"我可不去那里住，那层楼是伤心楼。阿娴够幸运，五房两厅的楼，我们只卖给她八百万。"

"六百万也没人要呢，是阿娴看在我的面上，才买的。"

"别说了，就去香港吧。我在香港住了几十年，都是英国人统治，这回香港是我们的了。慧，到香港就住酒店，不住弥敦道你妹妹的那层楼。"

卓光、李慧带同港生、港珠从多伦多飞到香港。李慧的妹妹李娴来机场接机。车子开到弥敦道宝珠大厦，停下，卓光狠狠地瞪着李慧："到酒店去！你不是说酒店订好了吗？"

"什么住酒店？"李娴说，"姐夫，你们那层楼我给你们保管得跟以前一般干净，为什么要住酒店？"

"什么？我们的楼？"卓光惘然。

李慧、李娴都笑了起来。

"光，现在也不必瞒你了，当年你要移居加拿大，我阻不住你，可我舍不得这层楼，就将我的私蓄，以阿娴的名义，买了这层楼。光，这楼还是我们的……"

医局

　　姜世胜得到阿玲因艾滋病去世的消息，他浑身无力，几乎要晕倒下去。他和阿玲有过多次肉体关系，而且每次做爱都是在"不设防"的情况下进行的。

　　阿玲之死，等于对姜世胜发出了一个死刑的通牒。

　　第二天，姜世胜打电话给阿玲的老相好乃素瓦。

　　"素瓦，阿玲死了？"

　　"唉！她死得不值。她不先告诉我，假如先对我说她患了艾滋病，她是不会死的……"

　　"不会死？"

　　"艾滋病可以治好的。"

　　"真的，有药可治？"

　　"我骗你干什么，我有一位朋友，专门治艾滋病。我跟你说，我也曾经患了艾滋病，很严重，就是他医好的。"

　　乃素瓦带姜世胜到嘉柏公寓去找毛医生，说明来意之后，毛医生为姜世胜检查身体，然后抽了血，约好三天后再来听消息。

三天过后，姜世胜来找毛医生，毛医生说："这对你来说是一个不幸的消息，你患了艾滋病啦。"

姜世胜面如银纸："这……这……这怎么办……医生请救救我，听说你有特效药。"

"药是有的，不过，不过，要半年才能治愈。药也很贵。"

"无问题，无问题，只要能治好，钱不成问题的。"

半年的时间过去，姜世胜的病症没有发作过，并且由毛医生抽血检查，断定姜世胜痊愈了。

姜世胜高兴得眉开眼笑，他的命是捡回来了。虽然花了一百多万泰币，他也认为值得，并且经常对人家说："艾滋病不可怕，有特效药，我的老朋友是专医艾滋病的著名医生。"

一天，姜世胜和他的妻子到惠风酒楼吃饭，走上二楼，他大吃一惊，以为见到了鬼：因艾滋病死去的阿玲正和两个男人在一起谈笑用餐。姜世胜定一定神，睁眼再瞧，果然是阿玲，跟她在一起两个男人，一个是黑胖胖的乃素瓦，另一个是他崇拜的毛医生。

开怀

"爷爷吃饭啦！"颂豪拉着思里走进餐厅。

餐厅里思里的儿子、媳妇、孙儿，正等着思里吃晚饭。思里坐下，眼睛在餐桌上一转便拿起饭碗，翻动着筷子，把饭一团一团往口里送。

"爷爷，这青菜味道很好。"颂杰说。

"嗯！"思里只顾吃饭。

"爷爷，今晚的英国足球联赛，有曼联队上场。"颂豪说。

"嗯！"

今天的晚餐气氛有点异常，大家都闷着不多说话。

十年来思里的饭量都是一碗，今天的这碗饭他吃得特别快，可孩子们觉得时间过得很慢。

思里走出餐厅，到书房去。

大儿子说："父亲不高兴，生谁的气？"

"饭前还有说有笑的，坐下吃饭，就板着脸。"颂豪嘟着嘴。

大家猜猜测测，都解不开思里不高兴的原因。

"啊，你们看。"思里的次子有所发现，"颂杰、颂芳，你们今天为什么用叉匙，不用筷子？"

"对、对，问题就在这里。"大家取得共识。

颂杰、颂芳异口同声："这……这不关我的事，我坐下，叉匙就摆在这里。"

"是新来的缅甸佣人摆上的吧？"大媳妇说。

第二天下午六点。

"爷爷吃饭啦！"颂豪轻声地。

思里走进餐厅，眼睛朝餐桌一溜："来，大家吃饭。"

"爷爷昨晚看足球了吗？"颂豪说。

"没有，爷爷忘记了。"

颂豪用筷子夹着一个鸽子蛋，送到思里面前："爷爷，给你。爷爷，你说我的筷子功不行，你看，不溜、不掉。"

"行、行，"思里笑了。

"我也会"，"我也会"……

思里的几个孙子都说会，一边说一边夹起鸽子蛋。

"爷爷，你会吗？"颂芳问。

"傻丫头，爷爷当然会。"

"爷爷，夹给我们看看。"

"好，你们看。"思里把手一伸，筷子夹住了一粒鸽子蛋，一抬手，手指微颤，鸽子蛋掉在盘里。他一连试了三次，都夹不住。

孙子们笑了，思里也大笑："老了，八十岁了，爷爷以前一夹就是两粒鸟蛋。"

"爷爷，我能夹两粒鸟蛋吗？"颂豪笑着问。

"今天不能，过几天你就会。"

"嘻嘻，爷爷真聪明。"

"小鬼，来，"思里把饭碗伸向颂豪，"给爷爷多添半碗饭。"

激赏

部长在台上讲话，颂蓬听得昏昏欲睡，他的醉眼眯在近视镜片后入睡了。一阵掌声将他惊醒，颂蓬机警地跟着大力鼓掌。部长很高兴，满脸笑容，继续滔滔不绝地讲下去。颂蓬也继续圆他的梦。

忽然，颂蓬又听到掌声，他急忙鼓掌。稍一定神，睁开眼，场中除了他的掌声外，并没有别人鼓掌。啊，刚才的"掌声"原来是他梦中的幻觉。

场中几十对眼光向颂蓬射来，包括台上的部长，颂蓬有点心慌。但他把心一横，这掌声停不得，于是更大力地鼓掌。

有人响应了，开头是掌声错落，接着掌声如雷鸣。部长的笑容更浓了。

讲话结束，散场时部长的一名随员对颂蓬说："部长要见你，在休息室等你，跟我来吧。"

"这回可惨啦，我不该在会场中睡觉。"颂蓬很后悔。

进了休息室，颂蓬向部长行了个八十度鞠躬礼，恭恭敬敬地站在一旁。

"你坐下吧。"部长脸上堆满了笑容，"坐下好讲话。"

"是、是、是。"颂蓬直着身子危危而坐。

"你叫什么名字？在哪个部门工作？"部长问。

"我叫颂蓬·史乍能，在东晚县县署当文书。"

"好、好，刚才你为我说的那几句话鼓掌，足见你很专心听讲，同时又能理解我所说的用意。那几句话是我今天讲话的中心。不错，你很不错。将你的姓名、单位写下来，就这样，你可回去了。"

"作为一名人民公仆，要随时随地去发掘、提升有才能、专心工作的下属。"部长对他的秘书说。

一个月后，颂蓬调升为西竹县副县长。

大势

　　民国十七年（1928）四月，因族亲文昭叔的介绍，我到曼谷曹大兴东翁的杂货店当文牍①。这间杂货店的大门上有一块黑底招牌，上书"兴发行"三个大金字。

　　民国三十六年（1947）六月十二日，曹大兴东翁的儿子曹谷丰，在曼谷石龙军路新开一家金店，叫"合利兴金行"，招牌有中文也有泰文，我由兴发行转到合利兴金行工作。

　　佛历二五〇八年（1965），曹谷丰的次子曹华泰在力巴颂地区开了一间钻石公司。招牌上有中泰英三种文字，中文是"蓝宝石有限公司"。英文、泰文都叫"巫沙禾"。我在蓝宝石有限公司任职了四年，因年事已高离职。

　　佛历二五三六年（1993）三月，曹华泰的儿子阿努察·操

---

① 文牍：管理公文书信的人。

瓦勒（没有中文姓名），在是隆路创立一间信托公司。开幕那天我前往观礼，吉时一到，部长一按电钮，红绸被气球带上了天空，招牌出现了泰、英两种文字，没有中文！当我向招牌再度端详之时，曹华泰向我走过来："老赵，你来啦！我很高兴。你身体还很健康，八十岁了吧，就看不出来。有空来我家聊聊。你是我家的三朝元老。啊，这是我新印的名片……"他给我一张名片后，便匆匆地去招待别的来宾。

晚上，我在灯光下，用放大镜观看曹华泰早上给我的名片。名片的右上角有九个名衔，其中有一行是："繁荣中华文化促进会副会长"。

我是老虎

期颐养老院一个小院子里，几位老人在一起聊天。

张斌问坐在旁边的李青："你因何进到这个跟监狱差不多的地方来的？"

"我被不肖子女骗到佛寺，当我烧香拜佛祈求全家平安时，站起来就不见他们了。我在寺里找了半天，无影无踪，便独自回家。到了家，门锁上了，听邻居说，他们搬家了。我只得去找朋友，朋友们商量后，把我送到这里来！"

"世态变了，逆子、恶媳越来越不像话了。"老人们叹息。

"喂，老郑你说说，你是怎么进来的？"张斌向正在闭眼养神的郑有德大声地喊。

郑有德把眼睁开："你嚷什么，我的历史比你们光荣。我的不肖子贩毒，有一天警察来捉他，他把毒品藏在我房间床下，我被捉了，判了十二年徒刑。后来因行为表现良好提前释放。我去找那逆子，他不让我进家，说他是有头有脸有地位的人，没有贩毒的父亲。我大声叫骂，硬要进家，那个恶媳更凶，她说，你进来，我就叫警察捉你，说你又再贩毒。这一招我怕了，这恶婆说得到做得到，她是猪与老虎生的，又懒又恶……我无家可归……"

"你的儿子有头有脸？有钱吗？"张斌问。

"钱多！大富大贵，是著名侨领。一个月前，报纸报道他捐给公福慈善会三十万，哈哈，还称他是大慈善家呢！"

"什么，上个月捐给公福慈善会的郑盛，是你的儿子？那你的宝贝媳妇叫李玛丽？"李青的眼光射在郑有德脸上。

"你，你是怎么知道的？"

"怎么知道，还多呢。你的儿子在他结发妻子未死之前，就搞上了公司里的女职员玛丽。他妻子去世后，就要正式娶玛丽为妻，当时你大力反对，说玛丽脸上的肉是横生的……"

"哇！你好厉害。"

"好厉害，还有更厉害的。你的儿子属鼠，玛丽属蛇，九月初九丑时生的。"

"你……你是……"

"我？我是老虎呀！"

文化侨领

陈文之是坚固建筑公司一名小职员，由于他吹拍有术，得到公司经理器重，步步高升。后来骗得一位富有的寡妇为妻，开了一家建筑公司，从此一帆风顺，成为富豪。

有钱就有名，有了名气便成侨领。陈文之原名陈蚊子，他觉得此名太粗俗，请人替他改名。

陈文之这个名字很文雅，有些人误认他很有学问，是个文化侨领。

陈文之觉得"文化侨领"这个名衔很有意思，于是他向这方面发展。

识字不够三百的陈文之，不知是具有作家天赋，或是吃了"增智通文"之类的大补丸，他的游记、报道、评论之类的文章，洋洋大观出现在几家报刊的显眼版位上。

为了更上一层楼，他的一位朋友向他建议："陈理事长，最好你来出一本书，使你的文名更亮丽。"

陈文之的《厚言》新书发布会在曼谷大酒店举行，冠盖云集，车水马龙。陈文之本来要在新书上签名，但因右手疼痛，改为盖章。当天便卖出了三千多本。

千里白从事文学创作三十多年，积存大批作品，受《厚言》销路奇佳的触动，心中痒痒的，"我也该出书了。"

千里白的新书《倥偬》发布会在雅华大酒店举行，原定十点半开始的发布会，一拖再拖，到12点不得不"发布"了，参加的只有三四十位！

千里白在台上铁青着脸，激动地说："今天，我的新书发布会是失败了，《倥偬》只卖出几十本。不过，我的另一本书《厚言》，却一下子卖了几千本。"他停了一停，大声地说："告诉大家一个秘密，《厚言》是我的作品，我的心血，我的书。我是成功的，我是有成就的作家。"

文化侨领的秘密被揭穿了，许多人都说，陈文之这回体面无存，完了。陈文之在曼谷大酒店举行记者招待会，他在主席台上大声粗气地说：

"近来有人说我的《厚言》是他的，无耻！《厚言》是我用八万铢正正当当买来的，这就属于我的。正如我的房子、地皮、汽车，都是买来的。有哪个卖主敢说是他的？哈哈……文明世界，买卖自由，钱货两讫，不能反悔。

"你们听着，我还要出书，多出几本书。文化侨领终归是文化侨领……他妈的，卖出了，还说是他的，脸皮这么厚。"

良心

　　他开车行在马路上，将近斑马线，放慢了车速。一汉子走在斑马线上，前面的一辆小车刹不住，轰的一声，将汉子撞倒。

　　小车绝尘而去。

　　他急忙下车，把汉子抱上车，送往医院。汉子的脊椎骨、腿骨断了。护士打电话报警，警察来到医院，他将事情告诉警察，可汉子却指定是他撞的。

　　他极力辩白，汉子大声骂他："你这个人没良心。"

　　他被控上法庭，法官判他撞人有罪，本要坐监，念他撞人后不逃避，并将伤者送医院，免了徒刑，罚他赔偿汉子的医药费及半年的生活费。

　　他大呼倒霉，好人难做。冤枉啊，冤枉。

　　三个月后的一个傍晚，他开车行在马路上，一老汉横过马路，一辆轿车急驰而来，把老汉撞倒，轿车加速而去。老汉卧在地上一动不动。

有了上一次的教训，他不想再管闲事，正要把车开走。但一转念："这老汉受了重伤，不立即送医院，恐有生命之危。"于是，他把老汉送往医院。老汉昏迷不醒，看来已没命了。

过了一会儿，警察和老汉的家属到了医院，他连忙说出车祸真相。老汉的两个儿子都不相信，异口同声地指着他："是你撞死我爸爸。"

他大声分辩："不是我撞的，你们陷害好人！唉，我怎么这样傻，上回如此，这回也没好报。"

"哇，你上回也撞死人，你飞车啊！我爸一定是你撞死的。"

他被控上法庭，判坐牢一年，并赔偿六万人命费。这一次他一句话也没说。

他把车子卖了，作为偿命费。

十个月后，他出狱了。大赦令使他提前两个月获得自由。

出狱第三天，他走在巷子里。一辆小货车为闪避一条狗而将他撞倒。货车司机把他送往医院，他奄奄一息，警察问他："是谁撞倒你？"

货车司机讷讷地："是……是……"

他指着货车司机，断断续续地："撞我的……的车……跑了……是他救我……把我送到这……"

他断气了，安详地闭上了眼，嘴角有一丝笑痕。

心明

　　二十世纪五十年代，中国电影走进泰国，引起了轰动，尤其是《梁山伯与祝英台》更是越演越热，"梁兄"迷倒了千千万万影迷。

　　慕华到国泰戏院看"梁祝"，这是她第四回看这部电影。今天她来迟了，一进戏院电影就开映了。

　　带票员领她到第十二排，她的座位是十四号，她侧着身慢慢挨进。坐在椅子上的观众有的把腿缩后一些，有的却故意将膝盖向前突出一点。经过第十三号座位时一青年站了起来，闪在一旁，让她通过。

　　慕华暗忖："这人很有礼貌。"

　　戏院里很静，观众都聚精会神地看电影，而她左边的那个青年却把身子紧紧地靠着第十二号座位的少女，并连连向她讲解剧情。虽然他把声音压得很低，仍不能避免影响旁人。

　　"烦人！"慕华对他的好感冰消了。

"十八相送"上场，祝英台比喻梁山伯是呆头鹅，少女问青年："梁山伯像一只呆头鹅吗？"

　　"不，梁山伯很英俊，就是太厚道。"

　　"梁山伯傻得可爱，你这色狼滑得可怕。而这女的也挺会装蒜！"慕华暗笑。

　　电影在浪漫而悲壮的"化蝶"中结束。

　　戏院里的灯光亮了，他拉着她的手慢慢地走出戏院。

　　慕华向他俩一瞧，"这人倒有点像梁山伯。哇，这女的还戴遮阳镜，扮时髦，可扮得不合时宜……"

　　"三妹，小心，小心。"他急忙把少女搀稳。

　　戏院门口的石阶，少女一步跨下两级，险些摔倒。

　　"二哥，我的眼镜掉了。"

　　慕华见到地下的遮阳镜，幸灾乐祸地："活该！"但她还是蹲了下去，拾起了眼镜。

　　慕华把眼镜交给少女，她心头一震——少女竟是个盲人。他给少女戴上眼镜："三妹，没事吧？！"

　　"谢谢您！"他转过头来对慕华，"很抱歉，刚才在戏院里打扰了您。我妹妹从来没看过电影，她听朋友说中国的梁祝很精彩。她……梁祝中的几首插曲，她也会唱，就想来，来感受一下。她求我好几次，今天才带她来。"

　　慕华握着少女的手："妹妹，祝你好运。你哥多好！"

你是我的娘

    潮汕地少人多，十八世纪中叶到十九世纪五十年代，不少潮州人为求生存，不得不离乡背井渡海过洋，其中前往泰国的最多。

    山前村的张炳水挥泪告别六十多岁的母亲李妈和结婚刚三个月的妻子翠娥。

    那时泰国的华侨寄钱回家，必须通过"批局"。批局集邮局、银行、镖局于一身。批局的总局设在泰国，分局设在潮汕各个侨乡。

    泰国批局将华侨所写的批（包括银款和信件），几经转折到达了分局。分局设有经理、司账、写信手、分批工等职。

    马福在永信成批局当批工，他父母早逝，孑然一身。

    马福负责分发山前村一带十几个村的批。他走过的乡村，等侨批的侨眷大都倚门盼望，一见马福便上前探问："福兄，我家有批吗？"

有批的人家接了银和信，欢天喜地地走进家门；没有接到批的则黯然进屋。

张炳水去泰国半年多了，没有一封批信回家。李妈和翠娥站在门前苦盼，每次都是吞着眼泪进屋。马福看在眼里，心头疼痛。

这一天，马福到山前村分发批银。他走得比往常快，到了李妈家，马福大声地说："李妈，炳水兄来批啦！"

天大的喜讯，不但李妈婆媳欢喜得热泪盈眶，左邻右舍也为她们高兴。

从此，李妈每月都收到炳水寄来的批。

一年过去，山前村的张财气从泰国回乡，村里热闹起来了。张财气的远亲近邻，送来了鸡蛋、汤圆。

李妈和翠娥也去了张财气家。

张财气一见李妈婆媳，脸上的笑容消失了，他神态凝重。

"财气兄，恭喜，恭喜你荣归……你来之前有没有见到炳水，他身体可好？"李妈问。

"炳水……炳水兄他……"

"炳水怎么了？"

"炳水兄他去世了。"

李妈一头栽倒在地上，翠娥放声大哭。

众人把李妈救醒过来，她断断续续地："炳水……是怎么死的？"

"那年炳水去泰国，在船上生了病，到了泰国病加重了，不到一个月，便去世了。"

"一到泰国就病死！那炳水两年前就去世了……不可能。上个月，李妈还收到炳水的批呢！"一邻人说。

"上个月，炳水寄批……不可能。炳水兄的后事，是我和几位乡亲一同处理的。"

"到永信成批局去查一查。"有人提议。

到了永信成批局，李妈请求账房里的周先生查一查炳水的批是怎么来的。周先生摇摇头："我没有见过炳水寄的批。"他一面说着一面拿出了账簿，小心地查着。

周先生查完了几本账簿："都查了，没有炳水的名字。"

"炳水的批是谁寄的……"

"是我，"马福走上前来，"我冒炳水兄的名，写假批，并把我每月的工资作为批银，按月分发给李妈。李妈太可怜，我心痛。我也不知道炳水兄已去世，我对不起你，李妈，我骗了你，你别怪我。"

"福兄，我怎会怪你，你是我家的大恩人，没有你的救济，我们还有命吗？"李妈说着就要向马福下跪。

马福急忙把李妈扶起，屈膝跪下："李妈！不，娘！从今天起你就是我的娘！"

棋隐

民国初年，广东沿海一小镇，下棋之风甚炽，并出了不少高手，尤以怀永居的棋座更为著名，高手云集。

观棋不语真君子，但怀永居棋座的观棋者，都可各抒己见，七嘴八舌地，十分热闹。唯有一老者从不开口。有人说这老头不懂棋，却偏偏喜欢观棋。

一天，从江西来了一位不速之客，到怀永居挑战镇中第一高手马峰。

众人商量，先派镇里第三高手与其对弈。江西客果然厉害，第三高手被他杀得片甲不留。

马峰不得不出手，大战三局，结果马峰连败。

江西客大笑："闻名不如见面，领教了。"

怀永居棋友怒在心中，但也承认技不如人。一时间，怀永居里鸦雀无声。

第二天，江西客离去。路过一雨亭，亭中一老者向他招手。

江西客进得亭来，只见石桌上置好了棋盘，旁边有龙银十枚，酒两瓶。

老者说："江西兄，你我来消遣三盘。"

江西客冷笑，现出不屑之态，转身便要离去。

老者说："来，以三局为限。你胜，这十枚大洋归你；你败，我送你两瓶老酒。"

江西客心中大喜，眼睛一亮，伸手拿起一枚龙银，用齿一咬，点点头："这龙银是真的。"

老者："这回是真的。"

于是两人交起手来，挂炮、跃马、进卒、平车……

三局过后，江西客满身大汗，面如死灰，两手抱拳："老伯神棋，晚辈有眼不识泰山！请问尊姓大名？"

"无名。江西兄，你输了，这两瓶酒送你。"

"不敢，不敢，手下败将，哪有脸面收老伯的酒！"

"这酒是我镇特产，醇中带烈，饮后易醉易醒，你就带回去，算是不亏此行吧。"

妙计

日寇侵华时期，城前乡也遭蹂躏。几十名日军驻扎在城前乡隔邻的陇沙镇，经常来城前乡奸淫劫掠，乡民苦不堪言。

城前乡有两座碉堡，高约十多米，一在乡前一在乡后，乡民称为前炮楼、后炮楼。前炮楼后面有一小河，后炮楼前有一小丘。

一天，南山游击队探知日军将来城前乡骚扰的消息，九名游击队员静静地守在前炮楼中。

早上七点，十多个日军大摇大摆地进入城前乡。路经前炮楼，一阵枪声响起，五个日寇倒在地上。

数十名日军急来支援。

游击队的枪法极准，日军不敢近前，只用迫击炮、机关枪猛轰狂射。但炮楼十分坚固，炮弹只能使炮楼留下密密麻麻的痕迹。

下午五点，日军久攻不下，急得大叫大骂。

一位小学教师对日军说："太君，听说南山游击队将在傍晚前来支援他们同伙，如果不想去，时间对太君不利。"

"什么办法？"

"放火。楼上缺水，烟火一熏，他们受不了，便昏倒了。"

"好计，好计，用火攻。你、你、你是孔……孔明，孔明，你，大大的有赏。"

乡民痛恨这位教师，心中咒骂："汉奸，该死的奸贼。"

日军用刺刀强逼几名老年人、妇女，抱着柴草，置于楼前，放起火来。

火起烟升，连续焚烧了两个小时。三名日军遮遮闪闪地奔向炮楼，楼上没有动静。于是，几十名日军从四面冲向炮楼。一日军突然大叫："看，看。"他指着从楼上栏杆垂下来的一条绳子，"跑了，跑掉了。"

日军急忙炸开炮楼铁门，楼中空无一人。只见墙上写着："小日本必亡。"

九名游击队，利用蒙烟，趁着天刚黑，攀着绳子，潜入小河安全撤退了。

日军下了炮楼，大声叫唤："快，快抓那个他妈的孔……孔明。"

那个"汉奸"孔明，早已不知去向了。

断腿人在天桥上

　　一断了双腿的残障人，坐在天桥上。他没有向行人求施舍，面前也没有放置可纳钱币之类的器皿，但经常有可怜他的过往者，把钱币放在他面前。

　　一天，两名警察登上了天桥，对断腿人说："下去吧！这里不准求乞！"

　　"谁在这里求乞？"

　　"别嘴硬，叫那个背你上来的同伙，来背你下去吧！"

　　"谁背我上来？我上得来，便能下得去。"

　　断腿人两手一按，把半截身体腾了起来，再用力将双手压向桥面，身子向前弹出一步。就这样一按一坐，他以双手走下了三十二层阶梯。

　　他得意地回过头来，可两名警察已不见了。

　　断腿人经常在天桥上静坐。

　　警察经常在天桥下，处罚违犯交通的驾车者及阻街小贩。

　　断腿人坐在高高的天桥上，冷眼观世情。

　　他喃喃地重复那天说的那句话："谁是乞丐？谁是乞丐！"

附 录

泰国华文文坛的文曲星司马攻

凌鼎年

　　泰国的司马攻是我的老朋友，1994 年在新加坡首届世界华文微型小说研讨会上认识的，一晃有 18 年了。司马攻多年来担任泰国华文作家协会会长，如今古稀年纪，让贤了，被一致推举为永远的名誉会长。他对泰国华文文坛的贡献是巨大的，在他的领军下，泰国的华文文学创作一直稳步发展，在东南亚国家中名列前茅。

　　司马攻从 20 世纪 60 年代步入文坛，原本以散文为主，诗歌为辅。20 世纪 90 年代初，中国大陆的微型小说创作之风波及泰国，司马攻以其作家的敏锐，发现这是一种前景看好的朝阳文体。他不但身体力行，带头写起了微型小说，还在泰国华文文坛倡导写微型小说，带动了一批作家写起了微型小说。比较出成绩的有郑若瑟、曾心、陈博文、梦凌、黎毅、倪长游、博夫、老羊、杨玲、马凡、晓云等。近年来，中国内地有人提倡一种比微型小说更短小的闪小说，只数百字。司马攻知道后，大感兴趣，再一次为之鼓与呼。古稀高龄的他竟然再一次爆发出少有的创作热情，一鼓作气创作了一百多篇闪小说，结集出版。

我也写过若干篇几百字的小说，但说句老实话，我写不好，我必须写到1200字以上，才能把一个故事讲完整，把人物写出来，故我很少写千字以下的小说，这也算是扬长避短吧。

最近，我有机会得到了司马攻的闪小说集《心有灵犀》的电子版，本来想粗粗浏览一下，没想到一读竟放不下了，于是，我饶有兴味地读完了全书。

说实在，闪小说我读过一些，良莠不齐，精彩的，让人眼前一亮，让人拍案叫绝的有，但不多，大部分很一般。重要原因还是篇幅有限，作者的聪明才智难以施展，以至往往有梗概，无血肉；有故事，无人物，或者说有人物，没个性，这几乎是个通病。

但司马攻确乎是精短小说的高手，在两三百字的篇幅里，就能讲一个相对完整的故事，还能写活人物个性，不能不让人佩服。

我拜读了司马攻这140篇闪小说后，做了一个简单的梳理。我发现第一是题材宽泛，第二是着重描写了普通百姓的生活与情感，第三是写真善美、传统道德的居多，第四是多篇写佛教、道教的极为精彩。

如开篇打头稿《情深恨更深》就是写尼姑的，三百来字，竟然写得跌宕起伏，把尼姑的爱恨情仇描写得淋漓尽致，而且故事之中有故事，来的倭寇竟然是尼姑的昔日夫君。为什么离婚？为什么出家？这中间如果展开写，完全是一篇中篇小说的素材，但司马攻惜墨如金，只区区三百字，就把倭寇的残暴、寡情、无人性写到了骨头里，把尼姑的正气、大义灭亲、侠义凛然写得入木三分。

《靠窗那张床》也是篇好小说，把一个孝子的内心刻画得栩栩如生。司马攻用一个换床的细节，就完成了人物的塑造。因换床，还被人误会，这就增加了作品的可读性，最后抖包袱般揭出谜底，至此，读者才恍然大悟。

《伤心河边骨》写得特精彩，看到这题目，我马上联想起唐代诗人陈陶在《陇西行》里有"可怜无定河边骨，犹是春闺梦里人"的诗句。司马攻点窜得恰到好处，他的古代文学修养也可见一斑。短短三百多字写出了一百多年前来南洋谋生的华工的血泪史，写活了马六这个人的善良、有心，同时也写出了某些华人，如郑大、李二、林三、张四等人的劣根性，让人回味不尽。

《风炉伯》中的风炉伯真是古风绵绵，他的身上闪耀着传统美德，读之，让人唏嘘不已。这篇作品里，风炉伯的品行固然高尚，林大志同样是好样的。这么短的文字，写了两个人物，真是堪称高手啊！最后结尾也结得漂亮，把两根金条捐献给前线抗日将士。妙，妙不可言！

司马攻的闪小说几乎每篇都可以评点，因为篇幅关系，就此打住吧。

　　我注意到，有多篇写到处世的诚信，做人的真诚，恪守传统道德的规范，弘扬中华文化的精义……联想到如今一切向钱看，传统泯灭，道德沦丧，怎不感慨万千？！

　　读司马攻的闪小说总体是温馨的，温暖的，让人振奋的，给人启迪的，但也让人反思，让人自检。这样的小说是有社会意义的。

司马攻先生《心有灵犀》阅读小记

马长山

一、不动声色的复仇

《情深恨更深》里不动声色的复仇，背后有着一段怎样惨烈的故事，有待读者联想。闪小说是留白的艺术，有如中国画。中国画常留有大量的空白，画面上的一花一鸟、一树一石、一山一水，与洁白的素底相互映衬、互为表里，造就了空灵、简远、虚静的世界。那大片的虚白看似无物，实则里面有人，有神，有花，有木。看不见虚白里的形象，就看不懂中国画。同理，看不见留白里的故事，就看不懂闪小说。

二、细节就是血肉

《靠窗那张床》写的是儿子对父亲的爱。真挚的爱存于换床的细节之中。人们常说，文学就是人学，是要写人性的。人性在哪里？还不是在一颦一笑，在一举手，在一投足，在一嗔怒，在一叹息之间吗？没有细节，人物就等于没有了血肉。闪小说的篇幅太短了，但是仍然要关注细节。如何描写细节，描写哪些细节，是对闪小说作者的严峻挑战。《靠》文的成功在于抓住了最能体现儿子对父亲的爱的细节。没有多少对话，更没有什么心理描写，只有一个换床的行动，但是却深深打动了读者。

三、主角不登场

在一篇闪小说里，主角可以不登场吗？答案是肯定的。不信请读《伤心河边骨》。这篇作品里真正的主角是马六。可是马六没有说话，没有走动，甚至干脆就没有现身。主角缺席在闪小说中有时是一种必要的艺术手法。因为闪小说的篇幅实在太短了，对作者的限制非常严格。如果每篇作品都让主角摆个姿势，叹几口气，说几句情真意切的话，几百字就没有了。可是这样的限制难不倒闪小说的高手。我们不是在《伤》文里看到了吗——虽然从头至尾都是郑大等四个人在讲话，但是我们分明看到了马六那个高大的影子一直在我们眼前晃动。

四、让瞬间变成永恒

肯定地说，几百字的作品是无法写出《三国》《红楼》那样几十年甚至上百年的沧桑巨变的。但是这是不是说闪小说只能描写一瞬？只能"闪"那么一下子呢？未必。这篇《童话》就是一个好例子，寥寥几百字，从表面上看只写了一次对话，但却勾勒了恩爱夫妻的一生，甚至连下辈子都写了。

五、小说家的特权与苦恼

西人云："很多作家有志于将法官送上审判席。"作家的权利真是大得很：可以让兔子抓住狐狸，让小偷戏弄警察，让尸体起死回生……虚构赋予作家的权利让达官贵人也敬慕三分。只是小说家在风光无限的背后有着常人无法理解的痛苦。这个痛苦有多大？读一下《小说家的下场》吧。

六、善良与否，原本和贫富无关

中国大陆曾经有过那么一段岁月：文学创作的模式化。一写到有钱人必是"为富不仁"；一说到穷人则是善良有加。其实善与恶这两个人性中的"基本面"，是不能按照贫富画线的。读《为何匆匆又回来》，我们既看到了生活拮据者"陈叔"的善良，又看到了老板"他"的豪爽和义气。这里无关"阶级"。

七、神来之笔

我很喜欢《短笛泣寒夜》这一篇。

瞎眼的算命人，寒夜，悲切的笛声……让我们格外关注主人公的命运。

作者匠心独运，没有直接写"我"对算命者的命运如何关切，而是让瞎眼者为他算命，进而推出多给命金的情节。如果小说到此结束，应该说是平淡无奇的。然而作者笔锋一转，让算命人拒绝了"我"多给的命金。

后面的情节却出乎读者的意料了——"我又造出一条命，给先生推算。"真是神来之笔，让"我"的大爱之心跃然纸上。

八、定理失灵

巴斯德云："机遇只垂青有准备的头脑。"巴氏定理在模范公民李协作面前失灵了。读《模范公民》不禁让人哑然失笑：一次放纵引出了一次壮举，一场误会造就了一个"模范公民"，真是人生如戏，戏如人生，前面总有未曾料到的谜。我们的文学里应该多一点这样的"游戏精神"。

九、黄皮肤的曼德拉

《意外》是一篇荒诞型闪小说。荒诞之所以在小说世界风光无限，是因为我们这个真实世界本身就是一个光怪陆离的荒诞世界。小说写的是阴曹地府的事情：某侨团主席在阴间受到一个司簿的关照，免去了阴间的苦役，主席感激之余，却发现司簿原来在阳间曾被他解职。没想到司簿以德报怨，让他少受了不少苦。掩卷沉思，感慨万千。让世界多一些大海般胸怀的人，少一些冤冤相报。

　　十、醋的用途

　　《我也要学中文》一篇，可以作为食品醋的绝佳广告。一位年轻美貌的女教师到家里教儿子中文，结果引出男主人也要学中文。女主人因为醋意辞退女教师不成，于是自己也加入了学习的行列。没有打情骂俏，没有剑拔弩张，没有河东狮吼，只是写出了浓浓的酸意。看来醋这种液体真的可用于爱情保鲜。